W0001486

Truman
Capote

Frühstück
bei Tiffany

Truman Capote

Frühstück bei Tiffany

Ein Kurzroman

Langen Müller

Deutsch von Hansi Bochow-Blüthgen

Besuchen Sie uns im Internet unter:
www.langen-mueller-verlag.de

Umschlaggestaltung: Wolfgang Heinzel
Umschlagbild: Interfoto, München
Herstellung und Satz: VerlagsService Dr. Helmut Neuberger
& Karl Schaumann GmbH, Heimstetten
Gesetzt aus der 10,6/15,3 Punkt GaramondBQ
auf Apple Macintosh in QuarkXPress
Druck und Binden: GGP Media GmbH, Pößneck
Printed in Germany
ISBN 3-7844-2994-7

ES ZIEHT MICH STETS dorthin zurück, wo ich einmal gelebt habe, zu den Häusern, der Gegend. Da ist zum Beispiel eines jener handtuchschmalen Backsteinhäuser, ehemals Besitz vornehmer Bürgerfamilien, in den East Seventies, wo ich Anfang des Krieges meine erste New Yorker Wohnung hatte. Nur ein Zimmer war dies, vollgestellt mit Bodengerümpel: einem Sofa und Sesseln mit kratzigem Plüsch in jenem gewissen Rot gepolstert, das einen an heiße Tage in Zügen denken läßt. Die Wände waren verputzt und von einer Farbe wie ausgespieener Tabaksaft. Überall – selbst im Badezimmer – gab es Drucke römischer Ruinen voll altersbrauner Stockflecke. Das einzige Fenster ging auf die Feuertreppe hinaus. Dennoch hoben sich meine Lebensgeister, sobald ich nur den Schlüssel zu dieser Wohnung in meiner Tasche spürte. Ungeachtet aller Trübseligkeit war es doch ein Heim, das mir gehörte, das erste, und meine Bücher waren da und Becher voll Bleistifte zum Anspitzen – alles, was ich, meinem Gefühl nach, brauchte, um zu dem Schriftsteller zu werden, der ich sein wollte.

Niemals ist mir in jenen Tagen der Gedanke gekommen, über Holly Golightly zu schreiben, und wahrscheinlich heute ebensowenig, wäre da nicht ein Gespräch mit Joe Bell gewesen, das sämtliche Erinnerungen an sie wieder aufleben ließ.

Holly Golightly war damals Mieterin in dem alten Backsteinhaus; sie bewohnte die Wohnung unter mir. Und was Joe Bell angeht, so hatte er einen Ausschank gleich um die Ecke in der Lexington Avenue; er hat ihn noch. Holly und ich gingen alle beide oft sechs oder siebenmal am Tage dorthin, nicht um etwas zu trinken, jedenfalls nicht immer, sondern zum Telefonieren. Während des Krieges war ein privates Telefon schwer zu bekommen. Überdies war Joe Bell zum Entgegennehmen von Botschaften gut verwendbar, was im Fall Holly keine geringe Gefälligkeit bedeutete, denn sie erhielt entsetzlich viele.

Natürlich ist das jetzt lange her, und bis letzte Woche hatte ich Joe Bell einige Jahre nicht mehr gesehen. Ab und an hatten wir Verbindung gehabt, und wenn ich in der Nähe vorüberkam, ging ich auch gelegentlich zu ihm hinein; doch waren wir nie besondere Freunde gewesen, höchstens insoweit, als wir beide Freunde von Holly Golightly waren. Joe Bell ist nicht sehr entgegenkommend, das gibt er selber zu. Er meint, es käme daher, weil er Junggeselle sei und Magensäure habe. Jeder, der ihn kennt, wird erklären, daß es schwer ist, sich mit ihm zu unterhalten. Und unmöglich, wenn man nicht seine Interessen teilt, zu denen Holly gehört. Einige andere sind: Eishockey, Weimaraner Vorstehhunde, OUR GAL SUNDAY, eine Sendereihe des Werbefunks, die er sich seit fünfzehn Jahren anhört, sowie Gilbert und Sullivan – er behauptet, mit einem der beiden verwandt zu sein, ich weiß nicht mehr mit welchem.

Und als nun am vergangenen Dienstag spätnachmittags das Telefon klingelte und ich vernahm »Hier Joe Bell«, wußte ich, daß es sich um Holly handeln mußte. Er sagte es nicht, nur: »Können Sie gleich mal herübergeratten kommen? Es ist wichtig«, und es war ein aufgeregtes Quäken in seiner froschähnlichen Stimme.

Im strömenden Oktoberregenguß nahm ich eine Taxe und dachte unterwegs sogar schon, sie könnte da sein, ich würde Holly wiedersehen.

Doch an Ort und Stelle war dann niemand außer dem Eigentümer. Bei Joe Bell ist es ruhig im Vergleich zu den meisten Lokalen der Lexington Avenue. Das protzt weder mit Neon noch Fernsehapparat. Zwei alte Spiegel reflektieren das Wetter von der Straße draußen; und in einer Nische hinter der Theke, umgeben von Fotografien der Eishockeystars, steht immer eine dickbauchige Vase mit frischen Blumen, die Joe Bell selber mit mütterlicher Sorgfalt arrangiert. Und eben damit war er auch beschäftigt, als ich hereinkam.

»Natürlich«, sagte er, während er eine Gladiole tief in die Vase versenkte, »natürlich würde ich Sie nicht eigens hergeholt haben, wenn ich nicht eben gern Ihre Meinung gehört hätte. Es ist zu sonderbar. Etwas sehr Sonderbares ist passiert.«

»Sie haben von Holly gehört?«

Er fingerte an einem Blatt herum, als sei er unsicher, wie darauf zu antworten. Der kleine Mann mit einem prächtigen Strubbelkopf weißer Haare hat ein knochiges, schräg vorspringendes Gesicht, das zu einem wesentlich größeren Menschen besser passen würde; sein Teint wirkt ständig sonnenverbrannt und wurde nun sogar noch röter. »Von ihr gehört kann ich nicht eigentlich sagen. Das heißt, ich weiß nicht. Deswegen wollte ich ja Ihre Meinung haben. Lassen Sie mich etwas zu trinken für Sie zurechtmachen. Was Neues. Nennt sich Weißer Engel«, sagte er und mixte halb Wodka, halb Gin, ohne Wermut. Während ich das Ergebnis trank, stand Joe Bell daneben, lutschte eine Magenpille und wälzte in seinem Hirn, was er mir erzählen wollte. Dann: »Erinnern Sie sich an einen gewissen Mr. I. Y. Yunioshi? Einen Herrn aus Japan?«

»Aus Kalifornien«, sagte ich, mich seiner genau erinnernd. Mr. Yunioshi ist Fotograf bei einer der Bildzeitschriften, und als ich ihn kannte, bewohnte er das Atelier im Dachgeschoß des Backsteinhauses.

»Nun bringen Sie mich nicht durcheinander. Ich frage ja einzig und allein, ob Sie wissen, wen ich meine?

Schön. Wer also kommt gestern abend hier angetanzt? Eben genau dieser Mr. I. Y. Yunioshi. Gesehen habe ich ihn nicht – das müssen, denke ich, mehr als zwei Jahre sein. Und wo meinen Sie, daß er in diesen zwei Jahren gewesen ist?«

»Afrika.«

Joe Bell hörte mit seiner Pillenlutscherei auf, seine Augen verengten sich. »Also woher wußten Sie das?«

»Bei Winchell gelesen.« Was tatsächlich stimmte, ich hatte es aus der Gesellschaftsklatschspalte.

Klingelnd ließ er seine Kasse aufspringen und entnahm ihr einen braunen Umschlag. »Na dann sehen Sie mal, ob Sie das hier auch bei Winchell gelesen haben.«

In dem Umschlag waren drei Fotografien, mehr oder weniger die gleichen, wenn auch aus verschiedener Sicht aufgenommen: ein hochgewachsener feingliedriger Neger im Baumwollkattunrock, mit einem schüchternen und dennoch eitlen Lächeln, der auf seinen Händen eine eigenartige Holzskulptur zur Schau stellte, den in die Länge gezogenen geschnitzten Kopf eines Mädchens, das Haar eng anliegend und kurz wie bei einem Jüngling, ihre glatten Holzaugen zu groß und schräg gestellt im spitzzulaufenden Gesicht, ihr Mund breit, überbetont, den Lippen eines Clowns nicht unähnlich. Auf den ersten Blick wirkte sie ganz wie die meisten primitiven Schnitzereien; und dann doch wieder nicht, denn dies war das genaue Abbild von Holly Golightly, wenigstens so weit, wie ein dunkles regloses Ding ihr überhaupt ähnlich sein konnte.

»Nun was sagen Sie dazu?« fragte Joe Bell, befriedigt über meine Verwirrung.

»Es sieht ihr ähnlich.«

»Hören Sie, mein Junge«, und er schlug mit der Hand auf die Theke, »das *ist* sie. So sicher wie ich ein Mann bin, der Hosen tragen kann. Der kleine Japanese wußte es in der ersten Minute, als er sie erblickte.«

»Er hat sie gesehen? In Afrika?«

»Na ja – eben diesen Kopf da. Aber das kommt aufs gleiche 'raus. Lesen Sie die Angaben selber«, sagte er, in dem er eine der Fotografien herumdrehte. Auf der Rückseite stand: Holzschnitzarbeit, Südlicher Stamm, Tococul, Ostafrika, Weihnachtstag 1956.

Er sagte, »Nun, was der Japanese dazu berichtet«, und dies war die Geschichte: Am Weihnachtstag war Mr. Yunioshi mit seiner Kamera durch Tococul gekommen, ein Dorf im Gewirr des Irgendwo und Unbedeutenden, nichts als eine Ansammlung von Lehmhütten mit Affen in den Höfen und Bussarden auf den Dächern. Er hatte bereits beschlossen, weiterzuziehen, als er plötzlich einen Neger in einer Türöffnung hocken und Affen in einen Spazierstock schnitzen sah. Mr. Yunioshi war beeindruckt und wollte mehr von seinen Arbeiten sehen. Worauf ihm der geschnitzte Mädchenkopf gezeigt wurde und er zu träumen glaubte, wie er Joe Bell erzählte. Doch als er sich zum Kauf erbot, umfaßte der Neger seinen Geschlechtsteil mit der Hand (offenbar eine ebenso delikate Geste wie die beteuernd auf das Herz gelegte Hand) und sagte nein. Ein Pfund Salz und zehn Dollar, eine Armbanduhr und zwei Pfund Salz und zwanzig Dollar, nichts machte ihn wankend. Mr. Yunioshi war auf jeden Fall entschlossen, herauszufinden, wie es zu der Schnitzerei gekommen war. Es kostete ihn sein Salz und seine Uhr und der Vorgang wurde ihm in Eingeborenendialekt, Pidgeon-Englisch und Zeichensprache übermittelt. Doch schien es danach, daß im Frühjahr jenes Jahres eine Gruppe von drei Weißen aus dem Busch erschienen war, zu Pferde. Eine junge Frau und zwei Männer. Die Männer, beide mit rotentzündeten Augen, waren gezwungen, einige Wochen abgeschlossen und fiebergeschüttelt in einer isolierten Hütte zu verweilen, während die junge Frau, die alsbald eine Neigung zu dem Holzschnitzer gefaßt hatte, die Schlafmatte des Holzschnitzers teilte.

»Diesem Teil der Geschichte schenke ich keinen Glauben«, sagte Joe Bell angeekelt. »Ich weiß, sie hatte ihre Eigenarten, aber ich glaube nicht, daß sie es auch nur annähernd so weit treiben würde.«

»Und dann?«

»Nichts dann«, zuckte er die Achseln. »Mit der Zeit ist sie fort, wie sie kam, ritt auf dem Pferd davon.«
»Allein oder mit den beiden Männern?«
Joe Bells Lider zuckten. »Mit den beiden Männern, vermute ich. Nun hat der Japanese landauf und landab nach ihr gefragt. Aber keiner sonst hatte sie je zu Gesicht bekommen.« Dann war es, als spüre er mein eigenes Gefühl der Enttäuschung auf sich übergreifen und wünschte nicht, daran teilzuhaben. »Eines müssen Sie ja zugeben, es ist die einzige *definitive* Nachricht in ich weiß nicht wieviel« – er zählte an den Fingern ab, sie reichten nicht aus – »Jahren. Ich hoffe nur eins: daß sie reich ist, hoffe ich. Sie muß reich sein. Nur wenn man reich ist, kann man so in Afrika 'rumbummeln.«
»Wahrscheinlich hat sie keinen Fuß nach Afrika hineingesetzt«, sagte ich und glaubte es; dennoch konnte ich sie mir dort vorstellen, es war etwas, wo sie hinreisen würde. Und der geschnitzte Kopf – ich schaute wieder die Fotografien an.
»So viel wissen Sie – wo ist sie also?«
»Tot. Oder in der Irrenanstalt. Oder verheiratet. Ich denke, sie wird verheiratet sein und ruhig geworden und vielleicht sogar mitten unter uns hier in der Stadt.«
Er dachte einen Augenblick nach. »Nein«, meinte er und schüttelte den Kopf. »Ich sag' Ihnen auch, warum. Wenn sie hier in der Stadt wäre, müßte ich sie gesehen

haben. Nehmen Sie einen Mann, der gern spazierengeht, einen Mann wie mich, einen Mann, der seit elf, zwölf Jahren durch die Straßen läuft, und in all diesen Jahren hält er die Augen offen nach jemand und niemals ist sie es – versteht sich's danach nicht, daß sie nicht da ist? Stückchen von ihr sehe ich immerzu, so einen flachen kleinen Hintern, irgendein mageres Mädchen, das kerzengrade und eilig dahinläuft –« Er stockte, als sei er sich bewußt geworden, wie scharf ich ihn musterte. »Sie denken, ich bin übergeschnappt?«

»Es ist nur, weil ich nicht gewußt habe, daß Sie sie liebten. Nicht so jedenfalls.«

Mir tat es leid, das gesagt zu haben; es brachte ihn aus der Fassung. Er scharrte die Fotografien zusammen und tat sie wieder in ihren Umschlag zurück. Ich blickte auf meine Uhr. Ich mußte nirgendwohin, aber ich glaubte, es sei besser, zu gehen.

»Warten Sie«, sagte er und packte mich am Handgelenk. »Klar habe ich sie geliebt. Aber es war nicht so, daß ich sie anrühren wollte.« Ohne ein Lächeln fuhr er fort: »Nicht daß ich etwa an diese Seite der Angelegenheit nicht dächte. Selbst in meinem Alter noch und ich werde siebenundsechzig am zehnten Januar. Es ist eine sonderbare Tatsache – aber je älter ich werde, je mehr scheint diese Seite der Dinge mein Hirn zu beschäftigen. Ich kann mich nicht erinnern, so viel daran gedacht zu haben, als ich ein junger Kerl war und es jeden Augenblick passierte. Vielleicht je älter man wird und je weniger einfach es ist, den Gedanken zur Tat werden zu lassen, mag sein, das ist es, weswegen es sich einem im Kopfe festsetzt und zur Last wird. Wenn ich so in der Zeitung von einem alten Mann lese, der sich schamlos aufgeführt hat, dann weiß ich, daß es von dieser Last kommt. Aber« – er schenkte sich ein Schnapsglas voll Whisky und kippte ihn pur hinunter – »ich werde mich niemals schamlos aufführen. Und ich schwöre, daß es mir bei Holly niemals in den Sinn gekommen ist. Man kann jemand lieben, ohne daß es so sein muß. Man hält sie fern von sich, fern und doch vertraut.«

Zwei Männer kamen in das Lokal, und es schien mir der Augenblick, zu gehen. Joe Bell folgte mir zur Tür. Er packte wieder mein Handgelenk. »Glauben Sie es?«

»Daß Sie sie nicht anrühren wollten?«

»Ich meine das mit Afrika.«

Im Moment konnte ich mich anscheinend der Geschichte gar nicht so recht entsinnen, nur des Bildes, wie sie auf einem Pferde davonritt. »Jedenfalls ist sie verschwunden.«

»Ja«, sagte er, indem er die Tür öffnete. »Einfach verschwunden.«

Draußen hatte der Regen aufgehört, nur sein Dunst lag noch in der Luft; so bog ich um die Ecke und ging die

Straße entlang, wo das Backsteinhaus steht. Es ist eine Straße mit Bäumen, die im Sommer kühle Schattenmuster auf das Pflaster werfen, jetzt aber waren die Blätter vergilbt und zumeist abgefallen, und der Regen hatte sie schlüpfrig gemacht, sie glitschten einem unter den Füßen. Das Backsteinhaus liegt mitten in einem Block, nicht weit von einer Kirche, wo eine melancholische Turmuhr die Stunden schlägt. Es ist seit meiner Zeit frisch gestrichen, eine prächtige dunkle Tür hat das alte Mattglas ersetzt, und elegante graue Läden rahmen die Fenster. Niemand wohnt mehr dort, an den ich mich erinnere, bis auf Madame Sapphia Spanella, eine robuste Koloratursängerin, die jeden Nachmittag in den Central Park rollschuhlaufen ging. Daß sie noch da ist, weiß ich, weil ich die Stufen hinaufging und bei den Briefkästen nachschaute. Es war einer dieser Briefkästen, der mich zuerst auf Holly Golightly aufmerksam gemacht hatte.

Ich hatte etwa eine Woche im Hause gewohnt, als mir auffiel, daß der zu Apartment Nr. 2 gehörige Briefkasten eine merkwürdige Visitenkarte in seinem Namensschlitz trug. Eher im Stil exklusivster Firmen gedruckt stand da zu lesen: Miss Holiday Golightly, und darunter in der Ecke: Auf Reisen. Es hakte sich in mir fest wie eine Melodie: Miss Holiday Golightly, Auf Reisen.

Eines Nachts – es war längst zwölf vorüber – wachte ich von der lauten Stimme auf, mit der Mr. Yunioshi die Treppe hinunterrief. Da er im Dachgeschoß wohnte, fiel ihr Klang durch das ganze Haus, aufgebracht und streng: »Miss Golightly! Ich mussen protestieren!«

Die Stimme, die vom Grunde der Treppe heraufquellend zurücktönte, war naivjung und selbstbelustigt. »Ach, Herzchen, es tut mir so leid. Ich hab' den verdammten Schlüssel verloren.«

»Sie können nicht immer meine Klingel drücken. Sie mussen bitte, bitte sich Schlüssel machen lassen.«

»Aber ich verlier sie doch alle.«

»Ich arbeiten, ich brauchen Schlaf«, schrie Mr. Yunioshi. »Aber immer Sie meine Klingel drücken ...«

»Ach nicht böse sein, liebster Kleiner, ich will's bestimmt nicht wieder tun. Und wenn Sie versprechen, nicht böse zu sein« – ihre Stimme kam näher, sie stieg die Treppen herauf –, »lasse ich Sie vielleicht die Aufnahmen machen, die wir mal erwähnten.«

Inzwischen hatte ich mein Bett verlassen und die Tür einen Spaltbreit geöffnet. Ich konnte Mr. Yunioshis Schweigen hören – hören, weil es von einem vernehmbaren Wechsel der Atmung begleitet war.

»Wann?«, sagte er.

Das Mädchen lachte. »Irgendeinen Tag«, erwiderte sie und dehnte es unbestimmt.

»Jeden Tag«, sagte er und schloß seine Tür.
Ich trat ins Treppenhaus hinaus und beugte mich übers Geländer, eben genug um zu sehen ohne gesehen zu werden. Sie war noch auf den Stufen, erreichte nun den Absatz, und die Flickerlfarben ihres Bubenkopfes, lohfarbene Streifen, Strähnen von Weiß-blond und Gelb, fingen sich im Treppenlicht. Es war ein warmer Abend, fast schon Sommer, und sie trug ein schmales schlichtes schwarzes Kleid, schwarze Sandaletten, eine halsenge Perlenkette. Ungeachtet ihrer schicken Magerkeit ging etwas wie ein Hauch Haferflockenfrühstücksgesundheit von ihr aus, eine Zitronen-und-Seife-Sauberkeit, ein derbes Blaßrot überschattete ihre Wangen. Ihr Mund war breit, die Nase wies nach oben. Dunkle Gläser löschten ihre Augen aus. Es war ein Gesicht über die Kindheit hinaus, doch noch nicht in die Bezirke des Fraulichen gehörend. Ich schätzte sie irgendwo zwischen sechzehn und dreißig; wie es sich herausstellte, scheute sie noch zwei Monate vor ihrem neunzehnten Geburtstag zurück.
Sie war nicht allein. Da war ein Mann, der hinter ihr herging. Die Art, wie seine fette Hand ihre Hüfte gepackt hielt, wirkte irgendwie unanständig, nicht vom Moralischen, sondern vom Ästhetischen her. Er war kurz und gewaltig, höhensonnegebräunt und pomadisiert, ein Mann in einem haltgebenden Nadelstreifen-

anzug mit einer im Knopfloch welkenden roten Nelke. An ihrer Türe angekommen, kramte sie in ihrer Handtasche herum auf der Suche nach einem Schlüssel und schenkte der Tatsache keine Beachtung, daß seine dicken Lippen ihr Nackendekolleté abtasteten. Endlich jedoch, da sie den Schlüssel fand und ihre Tür aufmachte, drehte sie sich freundschaftlich zu ihm um: »Alles Gute, Herzchen – es war goldig, daß Sie mich begleitet haben.«

»He, Baby!« rief er, denn die Tür ging vor seiner Nase zu.

»Ja, Harry?«

»Harry war der andere Kerl. Ich bin Sid. Sid Arbuck. Sie mochten mich doch.«

»Ich bete Sie an, Mr. Arbuck. Aber gute Nacht, Mr. Arbuck.«

Mr. Arbuck starrte ungläubig, als die Tür fest ins Schloß fiel. »He, Baby, 'reinlassen, Baby! Sie mochten mich doch, Baby. Mich mag doch jede. Habe ich nicht die Rechnung auf mich genommen, fünf Leute, alles *Ihre* Freunde, die ich nie zuvor gesehen hatte? Gibt mir das denn nicht das Recht darauf, daß Sie mich nun auch mögen? Sie mögen mich doch, Baby.«

Er pochte leise, dann lauter gegen die Tür; schließlich ging er mit gekrümmtem Rücken und gesenktem Kopf einige Schritte rückwärts, als beabsichtigte er, vorzu-

stoßen, sie einfach niederzubrechen. Anstatt dessen stürzte er die Treppe hinunter und schlug dabei mit einer Faust gegen die Wand. Gerade als er unten angekommen war, tat sich die Wohnungstür des Mädchens auf und sie steckte den Kopf heraus.
»Ooh, Mr. Arbuck ...«
Er drehte sich um, ein Lächeln der Erleichterung überglänzte ölig sein Gesicht; sie hatte nur Spaß gemacht.
»Das nächstemal, wenn ein Mädchen etwas Kleingeld haben will zum Händewaschen«, rief sie, keineswegs im Spaße, »rate ich Ihnen gut, Herzchen: Geben Sie ihr *nicht* zwanzig Cents!«

Sie hielt das Mr. Yunioshi gegebene Versprechen; oder ich nehme doch an, daß sie nicht mehr auf seine Klingel drückte, denn in den nächsten Tagen begann sie das bei der meinen, manchmal um zwei in der Frühe, um drei und vier – sie hatte keine Hemmungen, zu welcher Stunde auch immer mich aus dem Bett zu holen, um den Drücker zu betätigen, der die Tür unten aufspringen ließ. Da ich nur wenige Freunde hatte und keinen, der so spät noch dahergekommen wäre, wußte ich immer, daß sie es war. Doch bei den ersten Malen, da dies geschah, ging ich an meine Tür, halb und halb in Erwartung schlechter Nachrichten, eines Telegramms; und Miss Golightly rief dann nur herauf: »Entschuldigung, Herzchen – ich habe meinen Schlüssel vergessen.«

Selbstverständlich hatten wir einander nie kennengelernt. Wenngleich wir uns in Wirklichkeit auf der Treppe, in den Straßen, oft begegnet waren, doch schien sie mich nicht recht zu bemerken. Sie war nie ohne dunkle Brille, sie war stets untadelig angezogen, es lag unweigerlich guter Geschmack in der Schlichtheit ihrer Kleidung, deren Blaus und Graus und dem Fehlen jeglichen Flitters, was dafür ihr selbst so viel Glanz verlieh. Man hätte sie wohl für ein Fotomodell, vielleicht auch eine junge Schauspielerin halten mögen, wäre nicht offensichtlich aus ihrem Stundenplan zu schließen gewesen, daß sie für keines von beidem Zeit gehabt hätte.

Dann und wann begegnete ich ihr zufällig außerhalb unseres Stadtviertels. Einmal nahm mich ein durchreisender Verwandter mit ins »21«, und da, an einem der exklusivsten Tische, umgeben von vier Männern, von denen nicht einer Mr. Arbuck, jedoch jeder ohne weiteres mit ihm auszutauschen war, saß Miss Golightly, lässig, und kämmte sich in aller Öffentlichkeit die Haare; und ihre Miene, ein unbewußtes Gähnen, wirkte mit ihrem Beispiel auf mich als Dämpfer der Erregung, die ich darüber empfand, an einem so todschicken Ort zu dinieren. An einem anderen Abend mitten im Sommer trieb mich die Hitze meines Zimmers auf die Straße hinaus. Ich spazierte die Third Avenue hinunter zur fünfzigsten Street, wo ein Antiquitätenladen einen Gegenstand im Fenster hatte, den ich bewundernd betrachtete: einen Vogelkäfigpalast, eine Moschee mit Minaretten und Bambusräumen, die sich danach sehnten, mit redseligen Papageien gefüllt zu werden. Der Preis jedoch war dreihundertfünfzig Dollar. Auf dem Heimweg bemerkte ich eine Ansammlung von Taxichauffeuren vor P. J. Clarks Bar, allem Anschein nach angezogen von einer seligheiteren Gruppe whiskyäugiger australischer Offiziere und deren baritonalem Gesang der »Waltzing Matilda«. Während des Singens wirbelten sie abwechselnd ein Mädchen über das Kopfsteinpflaster unter der Stadtbahn, und dies Mädchen – Miss Golightly, wie nicht anders zu erwarten – wehte in ihren Armen herum, leicht wie ein seidener Schal.

Doch wenn Miss Golightly weiterhin von meiner Existenz nichts ahnte, es sei denn als bequeme Türklingel, wurde ich im Lauf des Sommers eine Autorität in bezug auf die ihre. Ich entdeckte aus der Beobachtung des Abfallkorbs vor ihrer Tür, daß ihre regelmäßige Lektüre aus billigen Magazinen, Reiseprospekten und astrologischen Tabellen bestand, daß sie eine Sonderanfertigung Zigaretten mit dem Namen Picayune rauchte, sich von Quark und Melba-Zwieback am Leben erhielt, daß ihr verschiedenfarbiges Haar teilweise selbstverschuldet war. Aus der gleichen Quelle wurde offenbar, daß sie Soldatenbriefe in rauhen Haufen erhielt. Sie waren stets in Streifen gerissen, wie Buchzeichen. Ich gewöhnte mir an, gelegentlich im Vorübergehen so ein Buchzeichen zu greifen. *Nicht vergessen* und *vermissen* und *Regen* und *bitte schreiben* und *verdammt* und *gottverdammt* waren die Worte, die auf den Zetteln am häufigsten wiederkehrten, sie und *einsam* und *Liebe.*

Außerdem hatte sie eine Katze, und sie spielte Gitarre. An Tagen, da die Sonne kräftig schien, wusch sie sich gern ihr Haar und saß mit ihrer Katze, einem rotgetigerten Kater, draußen auf der Feuertreppe und zupfte an ihrer Gitarre, während ihr Haar trocknete. Sobald ich die Musik hörte, ging ich und stellte mich still neben mein Fenster. Sie spielte sehr gut und sang manchmal dazu. Sang mit der heiseren, leicht überkippenden Stimme eines heranwachsenden Knaben. Sie kannte alle beliebten Schlager aus den großen Shows, Cole Porter und Kurt Weill; besonders mochte sie die aus OKLAHOMA!, die in jenem Sommer neu und überall zu hören waren. Aber es kamen Momente, da sie Lieder spielte, die einen reizten, darüber nachzudenken, wo sie sie wohl gelernt haben mochte, wo sie überhaupt herstammte. Rauhzarte Wanderweisen, deren Worte nach Nadelwäldern oder Prärie schmeckten. Eines ging so: *Will niemals schlafen, Tod nicht erleiden, Will nur so dahinziehn über die Himmelsweiden;* und das schien ihr am besten zu gefallen, denn oft sang sie es noch lange weiter, nachdem ihr Haar getrocknet war, die Sonne untergegangen und erleuchtete Fenster in der Dämmerung standen.

Aber unsere Bekanntschaft machte keine Fortschritte bis zum September, einem Abend, den die ersten Kräuselwellen herbstlicher Kühle durchliefen. Ich war in einem Film gewesen, heimgekommen und zu Bett gegangen mit einem Whisky als Schlaftrunk und dem neuesten Simenon – so sehr der Inbegriff der Gemütlichkeit, daß ich ein Gefühl des Unbehagens nicht verstehen konnte, das zunahm, bis ich das Schlagen meines Herzens spürte. Es war ein Gefühl, von dem ich gelesen, über das ich geschrieben, es jedoch nie zuvor erlebt hatte. Das Gefühl, beobachtet zu werden. Daß jemand im Zimmer war. Dann – ein plötzliches Klopfen am Fenster, das flüchtige Erkennen von etwas geisterhaft Grauem – ich verschüttete meinen Whisky. Es dauerte ein Weilchen, ehe ich mich dazu aufraffen konnte, das Fenster zu öffnen und Miss Golightly zu fragen, was sie wünsche.

»Ich hab' den denkbar widerlichsten Menschen unten bei mir«, sagte sie, von der Feuertreppe herab in mein Zimmer tretend. »Das heißt, er ist goldig, wenn er nicht betrunken ist, läßt man ihn aber erst damit anfangen, *vino* in sich 'reinzuschlapfen – o Gott, *quel* Biest! Wenn es etwas gibt, das ich hasse, dann sind das Männer, die beißen.« Sie ließ den grauen Flanellmorgenrock von ihrer Schulter gleiten, um mir durch Augenschein zu beweisen, was daraus wird, wenn ein Mann beißt. Der Morgenrock war alles, was sie trug. »Es tut mir leid, wenn ich Sie erschreckt habe. Aber als das Biest so lästig wurde, bin ich einfach zum Fenster hinaus. Ich glaube, er denkt, ich bin im Bad – wenn mir das auch verdammt egal ist, was er denkt, soll er zum Teufel gehen, er wird schon einschlafen, mein Gott, nötig hat er's, acht Martinis vorm Essen und Wein genug, um einen Elefanten drin zu baden. Hören Sie, Sie können mich 'rausschmeißen, wenn Sie gern möchten. Es ist eine Frechheit von mir, hier so einfach 'reinzusegeln. Aber die Nottreppe draußen war so verdammt kalt. Und Sie sahen so gemütlich aus. Genau wie mein Bruder Fred. Wir schliefen zu viert in einem Bett, und er war der einzige, an den ich mich ankuscheln durfte in kalten Nächten. Macht es Ihnen übrigens was aus, wenn ich Sie Fred nenne?« Sie war unterdes ganz ins Zimmer hereingekommen und stehengeblieben, um mich prüfend anzuschauen. Nie zuvor hatte ich sie gesehen, ohne daß sie dunkle Gläser trug, und es war nun offensichtlich, daß es sich um eine verordnete Brille handeln mußte, denn

ohne sie hatten ihre Augen das verkniffene Schielen eines Uhrmachers. Es waren große Augen, ein wenig blau, ein wenig grün, leicht braun gesprenkelt, verschiedenfarbig wie ihr Haar, und wie ihr Haar strahlten sie lebendige Wärme aus. »Vermutlich halten Sie mich für höchst unverschämt. Oder *très fou*. Oder so ähnlich.«
»Keineswegs.«
Sie schien enttäuscht. »Doch, das tun Sie. Es tut's jeder. Mir macht das nichts. Es ist ganz nützlich.« Sie ließ sich auf einem der wackligen roten Plüschsessel nieder, zog beide Beine unter sich und blickte im Zimmer umher, wobei sie ihre Augen noch unverkennbarer zusammenkniff. »Wie können Sie das aushalten? Eine Schreckenskammer.«
»Ach, man gewöhnt sich an alles«, sagte ich, ärgerlich über mich selbst, denn ich war in Wirklichkeit stolz auf diesen Raum.
»Ich nicht. Ich werde mich nie an irgendwas gewöhnen. Wer das tut, der kann ebensogut tot sein.« Ihre tadelnden Blicke musterten noch einmal das Zimmer. »Was *tun* Sie denn nur hier den ganzen Tag?« Ich machte eine Handbewegung auf einen hoch mit Büchern und Papieren bedeckten Tisch zu. »Ich schreibe allerhand.«
»Ich dachte, Schriftsteller wären ziemlich alt. Freilich, Saroyan ist nicht alt. Ich bin ihm auf einer Gesellschaft begegnet, und er ist wirklich noch gar nicht alt. Nein

tatsächlich«, überlegte sie, »wenn er sich besser rasieren würde … ist übrigens Hemingway alt?«
»In den Vierzigern, sollte ich meinen.«
»Nicht schlecht. Mich regen keine Männer auf, wenn sie nicht wenigstens zweiundvierzig sind. Ich kenne da eine idiotische Person, die mir ständig vorerzählt, ich müßte zu solch einem Hirnputzer gehen – sie sagt, ich hätte 'nen Vaterkomplex. Was mehr als *merde* ist. Ich habe mich ganz einfach drauf *trainiert,* nur ältere Männer zu mögen, und das war das Klügste, was ich je gemacht habe. Wie alt ist W. Somerset Maugham?«
»Ich weiß nicht genau. Irgendwie über sechzig.«
»Nicht schlecht. Mit einem Schriftsteller bin ich noch nie ins Bett gegangen. Nein, halt – kennen Sie Benny Shacklett?« Sie runzelte die Stirn, als ich meinen Kopf schüttelte. »Aber komisch. Er hat einen ganzen Haufen Zeug fürs Radio geschrieben. Doch *quel rat.* Sagen Sie, sind Sie ein richtiger Schriftsteller?«
»Kommt darauf an, was Sie unter richtig verstehen.«
»Na, Herzchen, *kauft* irgendwer das, was Sie schreiben?«
»Noch nicht.«
»Ich werde Ihnen helfen«, sagte sie. »Kann ich nämlich. Denken Sie bloß an all die Leute, die ich kenne, die Leute kennen. Ich werde Ihnen helfen, weil Sie aussehen wie mein Bruder Fred. Nur kleiner. Ich habe ihn nicht mehr gesehen, seit ich vierzehn war, damals ging

ich nämlich von zu Hause fort, und er war bereits eins fünfundachtzig. Meine anderen Brüder waren mehr Ihr Format. Kümmerlinge. Daß Fred so groß wurde, kam von der Erdnußbutter. Alle hielten es für verrückt, die Art, wie er sich mit Erdnußbutter vollstopfte; ihn kümmerte nichts auf dieser Welt als Pferde und Erdnußbutter. Aber er war nicht verrückt, nur reizend und ein bißchen unklar im Kopf und entsetzlich langsam; er war schon drei Jahre in der achten Klasse, als ich davonlief. Armer Fred. Ich möchte wohl wissen, ob sie bei den Soldaten großzügig sind mit der Erdnußbutter. Wobei mir einfällt, daß ich vor Hunger umkomme.«

Ich deutete auf eine Schale mit Äpfeln, fragte sie gleichzeitig, wie und warum sie so jung schon von zu Hause weggelaufen sei. Sie schaute mich verloren an und rieb sich die Nase, als kitzle sie dort etwas – eine Geste, die ich, nach häufiger Wiederholung, als Signal dafür erkennen lernte, daß man eine Grenze überschritt. Wie bei vielen Menschen mit der kühnen Vorliebe, aus freien Stücken intime Aufschlüsse zu geben, wurde sie bei allem, was wie eine direkte Frage, ein Festlegenwollen aussah, sofort zurückhaltend. Sie biß ein Stück Apfel ab und sagte: »Erzählen Sie mir etwas, was Sie geschrieben haben. Die Handlung.«

»Das ist eben eine der Schwierigkeiten. Es sind keine Geschichten, die man erzählen könnte.«

»Zu unanständig?«
»Vielleicht lasse ich Sie gelegentlich mal eine lesen.«
»Whisky und Apfel paßt zusammen. Schenken Sie mir einen ein, Herzchen. Dann können Sie mir selber eine vorlesen.«
Sehr wenige Autoren, insonderheit ungedruckte, können der Aufforderung widerstehen, vorzulesen. Ich schenkte uns beiden etwas ein, setzte mich in den Stuhl gegenüber und begann ihr vorzulesen, wobei meine Stimme in einer Mischung von Lampenfieber und Begeisterung etwas bebte – es war eine neue Geschichte, die ich tags zuvor beendet hatte, so daß jenes unvermeidliche Gefühl des Versagthabens sich noch nicht entwickeln konnte. Es handelte sich um zwei Frauen, die gemeinsam ein Haus bewohnen, Lehrerinnen, von denen die eine, als sich die andere verlobt, durch anonyme Briefe eine Skandalgeschichte verbreitet, was die Heirat verhindert. Während ich las, krampfte jeder Blick, den ich Holly verstohlen zuwarf, mein Herz zusammen. Sie fipselte herum. Sie zerzupfte die Zigarettenreste im Aschbecher, sie stierte verträumt auf ihre Fingernägel, als wünsche sie sich eine Nagelfeile; schlimmer noch: da ich ihr Interesse gepackt glaubte, lag in Wirklichkeit ein verräterischer Reif über ihren Augen als überlege sie, ob sie sich das Paar Schuhe kaufen sollte, das sie im Schaufenster gesehen.

»Ist das der *Schluß*?« fragte sie, auffahrend. Sie suchte herum, was sie noch sagen könnte. »Schwule kann ich an sich ganz gut leiden. Angst habe ich keine vor ihnen. Aber ganze Geschichten über so was langweilen mich zum Gotterbarmen. Ich kann mich einfach nicht in sie 'reinversetzen. Na ja, wirklich, Herzchen«, sagte sie, weil ich sichtlich ratlos war, »um was, zum Teufel, handelt es sich denn, wenn nicht um zwei so'ne, die andersrum sind?«
Aber ich war nicht in der Stimmung, den Fehler, diese Geschichte gelesen zu haben mit der zusätzlichen Unannehmlichkeit, sie erklären zu müssen, zu verbinden. Die gleiche Eitelkeit, die mich zu solcher Bloßstellung gebracht hatte, trieb mich jetzt dazu, sie als Wichtigtuerin ohne Empfindung und Verstand herabzusetzen.
»Nebenbei gesagt«, versetzte sie, *kennen* Sie vielleicht zufällig ein paar nette Schwule? Ich suche nämlich eine Zimmergenossin. Sie brauchen gar nicht zu lachen. Ich bin derart durcheinander, ich kann mir einfach kein Mädchen leisten. Und die Sorte ist nämlich wunderbar im Hause, sie reißen sich danach, alle Arbeit zu machen, nie braucht man sich ums Fegen oder Abtauen oder Wäscheweggeben zu kümmern. Ich hatte eine Mitmieterin in Hollywood, die in Wildwestfilmen spielte und der Einsame Jäger genannt wurde. Aber das

kann ich wohl von ihr sagen, daß sie im Hause besser als jeder Mann zu gebrauchen war. Natürlich konnten die Leute nicht anders als denken, ich müßte selber auch so'n bißchen andersrum sein. Bin ich natürlich auch. Jeder ist das – ein bißchen. Wenn schon. Das hat bisher noch nie einen Mann abgehalten, scheint sie im Gegenteil anzustacheln. Sehen Sie am Einsamen Jäger: zweimal verheiratet. Gewöhnlich heiraten solche nur einmal, nur wegen des Namens. Es scheint einem für später solch *cachet* zu geben, wenn man sich Mrs. Soundso nennen kann. Das ist doch nicht wahr!« Sie starrte den Wecker auf dem Tisch an. »Es kann nicht halb fünf sein!«

Das Fenster wurde langsam dämmrig. Eine Sonnenaufgangsbrise bewegte leicht die Vorhänge.

»Was ist heute?«

»Donnerstag.«

»Donnerstag.« Sie erhob sich. »Mein Gott«, sagte sie und sank mit einem Seufzer wieder zurück. »Es ist zu grauenhaft.«

Ich war allzu müde, um neugierig zu sein. Ich legte mich aufs Bett und schloß meine Augen. Dennoch kam es unwiderstehlich: »Was ist so Grauenhaftes am Donnerstag?«

»Nichts. Nur daß ich mich nie dran erinnern kann, wenn es soweit ist. Donnerstag muß ich nämlich den

Achtuhrfünfundvierziger kriegen. Die sind so genau mit den Besuchsstunden, daß man, wenn man um zehn dort ist, nur noch eine Stunde Zeit hat, ehe die armen Kerle Mittag essen. Stellen Sie sich vor: Mittagessen um elf. Man *kann* auch um zwei kommen, und das würde ich viel lieber, aber er mag es mehr, wenn ich morgens komme, er sagt, daß es ihm für den Rest des Tages auf die Beine hilft. Ich muß ganz einfach wachbleiben«, sagte sie und kniff sich in die Wangen, bis die Rosen kamen, »zum Schlafen ist keine Zeit mehr, ich würde schwindsüchtig aussehen, ich würde zusammensacken wie eine Mietskaserne, und das wäre nicht anständig – ein Mädchen kann nicht grün im Gesicht nach Sing-Sing gehen.«
»Ich vermute, nein.« Der Zorn, den ich wegen meiner Geschichte über sie empfunden, verebbte. Sie hatte mich wieder ganz eingefangen.
»Alle Besucher geben sich Mühe, so gut wie möglich auszusehen, und es ist sehr rührend, ist verteufelt süß, wie da die Frauen von allem das Hübscheste tragen, ich meine auch die alten und die wirklich armen, die machen die goldigsten Anstrengungen, nett auszusehen und auch nett zu riechen, und ich habe sie richtig lieb deswegen. Lieb habe ich auch die Kinder, besonders die farbigen. Ich meine die Kinder, die die Frauen mitbringen. Es müßte eigentlich traurig sein, die Kin-

der dort zu sehen, aber das ist es nicht. Sie haben Bänder in den Haaren und auf Hochglanz gewichste Schuhe, daß man richtig denkt, nun müßte es Eiskrem geben. Und manchmal ist das auch so im Besuchszimmer, ganz wie bei einer Gesellschaft. Jedenfalls ist es nicht wie im Kino – Sie wissen, dies schauderhafte Geflüster durch ein Gitter. Gitter gibt es nicht, nur eine Art Ladentisch ist zwischen denen und uns, und die Kinder können da drauf stehen, damit sie umarmt werden können, und wenn man einem einen Kuß geben will, braucht man nichts weiter zu tun, als sich 'rüberzubeugen. Am meisten mag ich, daß sie so glücklich sind, einander zu sehen. Sie haben sich so vieles aufgehoben, worüber sie reden wollten, es ist gar nicht möglich, trübsinnig zu sein, sie lachen unentwegt und halten sich bei den Händen. Anders ist es dann hinterher«, sagte sie. »Ich sehe sie im Zug. Sie sitzen so stumm und sehen den Fluß vorüberziehen.« Sie zog eine Strähne ihres Haars zum Mundwinkel und knabberte gedankenverloren darauf herum. »Ich halte Sie wach. Schlafen Sie doch.«
»Bitte. Es interessiert mich.«
»Das weiß ich. Deswegen will ich ja, daß Sie schlafen sollen. Denn wenn ich so weiterrede, erzähle ich Ihnen von Sally. Ich bin nicht ganz sicher, ob das den Spielregeln entspräche.« Sie kaute stumm auf ihrem Haar.

»Gesagt hat mir nie jemand, daß ich es keinem erzählen dürfte. Nicht ausdrücklich. Und es ist schon ulkig. Vielleicht könnten Sie's in einer Geschichte anbringen mit anderen Namen und so. Hören Sie zu, Fred«, sagte sie und griff sich noch einen Apfel, »Hand aufs Herz und den Ellbogen küssen –«

Schlangenmenschen können vielleicht ihren Ellbogen küssen, sie mußte sich mit einem annähernden Resultat zufriedengeben.

»Also«, sagte sie, den Mund voll Apfel, »Sie mögen von ihm in der Zeitung gelesen haben. Sein Name ist Sally Tomato, und ich spreche besser jiddisch als er englisch; aber er ist ein geliebter alter Mann, schrecklich fromm. Er würde wie ein Mönch aussehen, hätte er nicht die Goldzähne; er sagt, er bete für mich jeden Abend. Gehabt habe ich natürlich nie was mit ihm; ja, was das betrifft, so kannte ich ihn überhaupt noch gar nicht, ehe er im Gefängnis saß. Aber jetzt liebe ich ihn zärtlich, schließlich habe ich ihn nun bereits seit sieben Monaten jeden Donnerstag besucht, und ich glaube, ich würde es tun, selbst wenn er mir nichts zahlte. Der ist faulig«, sagte sie und warf den Rest des Apfels zielsicher aus dem Fenster. »Übrigens kannte ich Sally doch schon vom Sehen. Er kam immer zu Joe Bell, das Lokal um die Ecke – nie hat er mit jemand geredet, stand bloß 'rum wie einer, der im Gasthaus wohnt. Ulkig aber, wenn man zurückdenkt, wie genau er mich beobachtet haben muß, denn nämlich gleich nachdem sie ihn eingebuchtet hatten (Joe Bell zeigte mir sein Bild in der Zeitung. Schwarze Hand – Mafia – lauter solch Hokuspokus – aber sie gaben ihm fünf Jahre), kam doch dies Telegramm von einem Anwalt. Da hieß es, daß ich mich sofort mit ihm in Verbindung setzen sollte wegen einer für mich vorteilhaften Nachricht.«

»Sie glaubten, es hätte Ihnen einer eine Million hinterlassen?«

»Ach wo. Ich dachte eher, Bergdorf wollte auf die Art versuchen, seine letzte Kleiderrechnung zu kassieren. Aber ich riskierte es und ging zu diesem Anwalt (wenn er überhaupt ein Anwalt ist, was ich bezweifle, weil er gar kein Büro zu haben scheint, nur einen Telefondienst, und immer verabredet er sich mit einem im Lokal – deswegen ist er wohl auch so fett, er kann zehn Hamburger Fleischklopse essen, zwei Schüssel Mixpikkles dazu und eine ganze Baisertorte mit Zitronenschaum). Er fragte mich, ob ich wohl gerne einen einsamen alten Mann ein wenig aufheitern und dabei gleichzeitig hundert in der Woche einstecken möchte. Ich sagte, Herzchen, da haben Sie die falsche Miss Golightly erwischt, ich bin keine Krankenschwester, die sich nebenher auf allerlei Tricks versteht. Vom Honorar war ich ebensowenig beeindruckt, so viel kriegt man auch zusammen mit Pudern gehen – jeder Gent mit ein bißchen Lebensart wird einem fünfzig geben, wenn man Für Damen will, und ich frage immer noch um Fahrgeld, das macht nochmal fünfzig. Aber dann erzählte er mir, daß sein Klient Sally Tomato sei. Er sagte, der liebe alte Sally habe mich schon längst *à la distance* bewundert, und ob es denn da nicht eine gute Tat sei, wenn ich ihn einmal in der Woche besuchen würde. Na, da konnte ich nicht nein sagen – es war zu romantisch.«

»Ich weiß nicht. Da stimmt irgendwas nicht.«

Sie lächelte. »Sie meinen, daß ich schwindle?«

»Erstens kann man doch nicht einfach irgend jemanden einen Gefangenen besuchen lassen.«

»Ach, das machen sie ja auch nicht. Tatsache, daß sie ein höchst lästiges Trara drum angestellt haben. Ich bin angeblich seine Nichte.«

»Und so einfach ist das dann? Für eine Stunde Unterhaltung gibt er Ihnen hundert Dollar?«

»Er nicht, der Anwalt. Mr. O'Shaughnessy schickt sie mir in bar, sobald ich den Wetterbericht abgegeben habe.«

»Ich glaube, Sie können da in allerhand Unannehmlichkeiten hineingeraten«, sagte ich und knipste die Lampe aus; es bestand keine Notwendigkeit mehr dafür, der Morgen lag im Zimmer und Tauben gurrten auf der Feuertreppe.

»Wie?« fragte sie ernsthaft.
»Es muß da etwas geben in den Gesetzbüchern über falsche Personenangabe. Schließlich *sind* Sie doch nicht seine Nichte. Und was ist das mit diesem Wetterbericht?«
Sie tappte mit der Hand gegen ihren gähnenden Mund. »Aber gar nichts weiter. Nur Botschaften, die ich bei seinem Telefondienst hinterlasse, damit Mr. O'Shaughnessy draus sicher weiß, daß ich dort gewesen bin. Sally sagt mir, was ich bestellen soll, so was wie, ach, ›ein Hurrikan zieht über Cuba‹ und ›in Palermo schneit es‹. Regen Sie sich nicht auf, Herzchen«, sagte sie und kam auf das Bett zu, »ich habe schon lange genug für mich selber sorgen müssen.« Das Morgenlicht schien sich in ihr zu brechen; als sie mir die Bettdecke bis zum Kinn hochzog, schimmerte sie durchsichtig hell wie ein Kind; dann legte sie sich neben mich. »Stört es Sie? Ich möchte mich nur einen Moment ausruhen. Sagen wir also jetzt kein Wort mehr. Schlafen Sie.«
Ich tat wenigstens so, machte mein Atmen tief und gleichmäßig. Die Glocken im Turm der Kirche nebenan schlugen halb und voll. Es war sechs, als sie ihre Hand auf meinen Arm legte, eine zarte Berührung, besorgt, mich nicht zu wecken. »Armer Fred«, flüsterte sie, und es schien, als spräche sie zu mir, aber sie meinte mich nicht. »Wo bist du, Fred? Weil es so kalt ist. Der

Wind ist voll Schnee.« Ihre Wange legte sich gegen meine Schulter, ein warmes, feuchtes Gewicht.
»Warum weinen Sie?«
Sie fuhr zurück, setzte sich auf. »Zum Himmeldonnerwetter«, sagte sie und begab sich zum Fenster und der Feuertreppe, »Spioniererei kann ich nicht ausstehen.«

Am nächsten Tag, Freitag, fand ich beim Nachhausekommen vor meiner Tür einen luxuriösen Delikateßkorb mit ihrer Karte: Miss Holiday Golightly, Auf Reisen, und auf der Rückseite in einer ungewöhnlich mühseligen Kindergartenhandschrift: »Alles Gute, liebster Fred Gestern abend bitte entschuldigen. Sie waren durchweg ein Engel. *Mille tendresse* – Holly. P.S. Werde Sie nicht wieder stören.« Ich erwiderte »Bitte doch« und tat den Zettel an ihre Tür zusammen mit dem, was ich mir leisten konnte, einem Veilchensträußchen vom Straßenhändler. Doch allem Anschein nach meinte sie wirklich, was sie gesagt hatte: weder sah noch hörte ich von ihr, und ich entnahm dem, daß sie so weit gegangen sein mußte, sich einen Haustürschlüssel zu besorgen. Jedenfalls klingelte sie nicht mehr bei mir. Ich vermißte das, und als die Tage dahinschwanden, begann ich ihr gegenüber eine gewisse weithergeholte Gekränktheit zu empfinden, als würde ich von meinem engsten Freund vernachlässigt. Eine beunruhigende

Verlassenheit überkam mein Leben, doch rief dies kein hungriges Verlangen nach Freunden aus längerer Bekanntschaft hervor – sie wirkten jetzt auf mich wie eine salzfreie, zuckerlose Diät. Am Mittwoch waren meine Gedanken so ununterbrochen bei Holly, Sing-Sing und Sally Tomato, bei einer Welt, in der Männer fünfzig Dollar für einmal auf die To gehen 'rausrücken, daß ich nicht arbeiten konnte. An jenem Abend ließ ich eine Nachricht in ihrem Briefkasten: »Morgen ist Donnerstag.« Der nächste Morgen belohnte mich mit einem zweiten Brief in Kinderkrakelschrift: »Gott segne Sie, daß Sie mich erinnert haben. Können Sie heute abend gegen sechs auf einen Drink vorbeikommen?«
Ich wartete bis zehn nach sechs und ließ es mich dann noch weitere fünf Minuten aufschieben.
Ein Wesen machte die Tür auf. Er roch nach Zigarren und Eau de Cologne. Seine Schuhe paradierten mit verstärkten Absätzen. Ohne diese zusätzlichen Zentimeter hätte man ihn für einen Gnom halten können. Sein fleckiger Glatzkopf war zwerghaft groß – daran hingen ein Paar spitzzulaufende, wahrhaft koboldartige Ohren. Augen hatte er wie ein Pekinese, fühllos und leicht vorstehend. Haarbüschel entsprossen seinen Ohren, seiner Nase; seine Backen waren grau vom nachmittäglichen Bartwuchs und sein Händedruck beinah pelzig.

»Die Kleine duscht«, sagte er, indem er mit der Zigarre in Richtung auf ein Wasserrauschen nebenan deutete. Das Zimmer, in dem wir standen (standen, weil nichts da war, worauf man sich setzen konnte), wirkte, als sei eben erst eingezogen worden, man erwartete, die nasse Farbe noch zu riechen. Koffer und unausgepackte Kisten bildeten das einzige Meublement. Die Kisten dienten als Tische, eine als Untersatz für das Mixen von Martini, eine andere für eine Lampe, ein Kofferradio, Hollys roten Kater und eine Vase mit gelben Rosen. Bücherregale, die eine Wand bedeckten, protzten mit einem halben Fach voll Literatur. Ich erwärmte mich sofort für diesen Raum, mir gefiel sein zu nächtlicher Flucht bereites Aussehen.
Der Mann räusperte sich. »Werden erwartet?«
Er fand mein Nicken unklar. Seine kalten Augen operierten an mir herum, machten saubere Untersuchungsschnitte. »Es kommen eine Menge Leute her, die werden nicht erwartet. Sie kennen die Kleine schon lange?«
»Nicht sehr.«
»Sie kennen also die Kleine noch gar nicht lange?«
»Ich wohne oben.«
Die Antwort schien genügend zu erklären, um ihn milder zu stimmen. »Ist das die gleiche Anlage bei Ihnen?«
»Viel enger.«

Er schnipste Asche auf den Fußboden. »Eine Abstellkammer ist das hier. Es ist unglaublich. Aber die Kleine versteht nicht zu leben, selbst wenn sie Kies genug hat.« Seine Sprechweise war metallisch abgehackt, wie ein Fernschreiber. »Also«, sagte er, »was meinen Sie: Ist sie nun oder ist sie nicht?«

»Ist sie was?«

»Eine Schwindlerin.«

»Das hätte ich nie gedacht.«

»Sie irren sich. Die ist eine Schwindlerin. Doch auf der anderen Seite wieder haben Sie recht. Sie ist keine Schwindlerin, weil sie wirklich so ist. Sie glaubt all den Blödsinn, den sie glaubt. Man kann ihr nichts davon ausreden. Mit strömenden Tränen habe ich es versucht. Benny Polan, hochgeachtet allerwärts, Benny Polan hat es versucht. Benny hatte es sich in den Kopf gesetzt, sie zu heiraten, sie ging nicht darauf ein, Benny gab vielleicht Tausende aus, mit denen er sie zu Hirnputzern schickte. Selbst den berühmten, den, der nur deutsch spricht, Junge, selbst den hat er mit in den Ring geworfen. Man kann sie ihr nicht ausreden, diese« – er machte eine Faust, als zerdrücke er etwas Ungreifbares – »Ideen. Versuchen Sie es einmal. Kriegen Sie sie dazu, Ihnen etwas von dem Zeug zu erzählen, das sie glaubt. Wissen Sie«, sagte er, »ich mag die Kleine ja gern. Jeder mag sie, aber es gibt auch 'ne Menge, die's nicht tun. Ich tu's. Ich mag die Kleine ehrlich gern. Ich bin empfindsam, daher. Man muß empfindsam sein, um sie schätzen zu können – ein bißchen was von einem Dichter. Aber ich will Ihnen mal die Wahrheit sagen. Sie können sich um ihretwillen Ihr Hirn in Stücke schlagen, und sie wird Ihnen Pferdemist auf einer Schüssel retour geben. Um nur ein Beispiel zu geben: Was für eine sie ist, wenn Sie sie sich heute so ansehen? Ganz genau das Mädchen, von dem man lesen wird, daß sie 'ne ganze Packung Seconaltabletten bis zum Grunde geschafft hat. So was hab' ich passieren sehen, öfter als Sie Zehen an den Füßen haben – und diese Mädchen, die waren noch nicht mal verrückt. Und sie ist verrückt.«

»Aber jung. Und hat noch einen guten Teil Jugend vor sich.«

»Wenn Sie meinen: Zukunft, da irren Sie sich wieder. Also vor ein paar Jahren, drüben in Kalifornien, da gab's eine Zeit, wo es anders hätte sein können. Da hatte sie was, was für sie sprach, da war man an ihr interessiert, da hätte sie Karriere machen können. Aber wenn man einmal so einer Sache den Rücken dreht, gibt's kein Umkehren. Fragen sie Luise Rainer. Und die Rainer war ein Star. Sicherlich, Holly war kein Star; sie ist nie aus der Statisterie 'rausgekommen. Aber das war vor der *Geschichte des Dr. Wassell.* Damals hätte sie's wirklich zu was bringen können. Ich weiß es nämlich, weil ich der Kerl war, der ihr den Anstoß gab.« Er deutete mit der Zigarre auf sich selbst. »O. J. Berman.«

Er erwartete Erkennen, und mir machte es nichts aus, ihm den Gefallen zu tun, von mir aus, nur hatte ich nie von O. J. Berman gehört. Es stellte sich heraus, daß er Agent in Hollywood war.

»Ich bin der erste, der sie gesehen hat. Draußen in Santa Anita. Jeden Tag lungert sie da in der Gegend 'rum. Ich bin interessiert – beruflich. Ich finde 'raus, daß sie irgendeinem seine Fahrplanmäßige ist, sie lebt mit dem Stück Dreck. Ich laß dem sagen, er soll Schluß machen, wenn er nicht 'ne Unterhaltung mit den Jungens von der Sitte haben will – die Kleine war nämlich fünfzehn. Aber Stil hatte sie – die war in Ordnung, die kommt an. Selbst wenn sie soo dicke Gläser trägt – selbst wenn sie den Mund aufmacht und man weiß nicht, stammt sie von den Bergen oder aus Oklahoma oder sonstwoher. Und ich weiß es bis heute nicht. Ich vermute, es wird's nie einer wissen, wo sie her ist. Sie ist eine so gottverdammte Schwindlerin, daß sie es wahrscheinlich selber nicht mehr weiß. Aber wir haben ein Jahr gebraucht, um diesen Dialekt abzuschleifen. Wie wir's schließlich fertigbrachten? Wir gaben ihr französischen Unterricht – nachdem sie Französisch nachsprechen konnte, dauerte es nicht mehr lange, bis sie auch Englisch imitierte.

Wir modelten sie zurecht nach dem Typ der Margaret Sullavan, aber die konnte sie noch mit ihren eigenen Kurven schlagen, Leute interessieren sich, von denen oben, und um allem die Krone aufzusetzen: Benny Polan, sehr geachteter Bursche, Benny will sie heiraten. Kann ein Agent mehr verlangen? Da bums! die *Geschichte des Dr. Wassell.* Den Film gesehen? Cecil B. DeMille. Gary Cooper. Mein Gott: ich bring mich um, alles ist abgemacht – sie wollen Probeaufnahmen von ihr für die Rolle von Dr. Wassells Krankenschwester machen. Eine von seinen Schwestern, schön – aber immerhin. Dann bums! klingelt das Telefon.« Er griff in die Luft nach einem Telefon und hielt es sich gegen sein Ohr. »Sie sagt, hier ist Holly, ich sage Süße, du klingst so weit weg, sagt sie, ich bin in New York, sage ich, was zum Teufel machst du in New York, wenn doch Sonntag ist und sie morgen die Probeaufnahmen machen? Sie sagt ich bin in New York, weil ich noch nie in New York gewesen bin. Ich sage jetzt setz aber deinen Hintern in ein Flugzeug und komm zurück, sagt sie, das möcht' ich nicht. Ich sage worauf willst du 'raus, Puppe? Sie sagt man muß selber gut sein wollen und ich will's ja gar nicht, ich sage schön, was zum Teufel willst du also und sie sagt, wenn ich das 'rausgefunden habe kriegst du's als erster zu wissen. Verstehen Sie nun, was ich meine: Pferdemist auf einer Schüssel.«

Der rote Kater sprang aus dem Korb und rieb sich an seinem Bein. Er hob die Katze mit der Spitze seines Schuhes und schleuderte sie fort, was ekelhaft von ihm war, nur schien er von der Katze gar nichts zu merken, sondern nur seine eigene Gereiztheit. »Das hier sollte sie wollen?« sagte er und warf beide Arme zur Seite. »Eine Menge Leute, die gar nicht erwartet sind? Von zugesteckten Trinkgeldern leben. Mit Taugenichtsen 'rumlaufen. Vielleicht möchte sie nun gar Rusty Trawler heiraten? Soll man ihr etwa dafür eine Medaille anstecken?« Er wartete, funkelnden Auges.

»Bedaure, den kenne ich nicht.«

»Sie kennen Rusty Trawler nicht? Können Sie auch nicht viel über die Kleine wissen. Ein übler Handel«, sagte er und die Zunge schnalzte in seinem Riesenschädel. »Ich hoffte, Sie hätten möglicherweise etwas Einfluß. Könnten alles gradebiegen bei der Kleinen, eh's zu spät ist.«

»Aber Ihren Reden zufolge ist es das doch bereits.« Er blies einen Rauchring, ließ ihn verwehen, ehe er lächelte; das Lächeln änderte sein Gesicht, ließ etwas Milde aufscheinen. »Ich könnte nochmal einen Anstoß geben. Wie ich schon sagte«, wiederholte er und jetzt klang es echt, »ich mag die Kleine ehrlich gern.«

»Was für Skandalgeschichten verbreitest du, O. J.?« Holly platschte in den Raum, mehr oder weniger in ein

Handtuch gewickelt, und ihre nassen Füße hinterließen triefende Spuren auf dem Boden.

»Nur das Übliche. Daß du einen Klaps hast.«

»Fred weiß das bereits.«

»Aber du nicht.«

»Bitte 'ne brennende Zigarette, Herzchen«, sagte sie, ihre Badekappe herunterreißend, und schüttelte ihr Haar. »Dich meine ich nicht, O. J. Du bist ein solcher Schlabber. Immer hast du Negerlippen.«

Sie schöpfte den Kater hoch und schwang ihn sich auf die Schulter. Er hockte da in der Schwebe wie ein Vogel, seine Pfoten verwirrten sich in ihrem Haar, als sei es Strickgarn, und dennoch war er, ungeachtet seiner liebenswürdigen Possen, ein mürrisches Tier mit einer Halsabschneidervisage, das eine Auge klebrigblind, das andere funkelte von finstern Taten.

»O. J. ist ein alter Schlabber«, wiederholte sie zu mir und nahm die Zigarette, die ich ihr angezündet hatte, »aber er kennt eine entsetzliche Menge Telefonnummern. Wie ist David O. Selzniks Nummer, O. J.?«

»Laß das.«

»Das ist kein Spaß, Herzchen. Ich möchte, daß du ihn anrufst und ihm sagst, was für ein Genie der Fred ist. Er hat ganze Haufen einfach wunderbarer Geschichten geschrieben. Sie brauchen gar nicht rot zu werden, Fred, Sie haben ja nichts davon gesagt, daß Sie ein

Genie wären, sondern ich. Los, O. J. Was gedenkst du zu tun, um Fred reich zu machen?«

»Wie wäre es, wenn du mich das mit Fred allein ausmachen ließest.«

»Vergiß nicht«, sagte sie im Davongehen, »ich bin seine Agentin. Noch was: wenn ich rufe, kommst du und zippst mir den Reißverschluß hoch. Und wenn jemand klopft, laßt ihr sie ein.«

Ein ganzer Haufen tat es. Innerhalb der nächsten Viertelstunde hatte eine Herrengesellschaft die Wohnung übernommen, einige davon in Uniform. Ich zählte zwei Marineoffiziere und einen Luftwaffenoberst, doch wurden sie an Zahl von ergrauten Ankömmlingen übertroffen, die über das Einberufungsalter hinaus waren. Bis auf den Mangel an Jugend hatten die Gäste nichts miteinander gemein, sie schienen Fremde unter Fremden, tatsächlich hatte jedes Gesicht beim Eintritt sich schwer bemüht, die Bestürzung darüber, auch andere dort zu sehen, zu verbergen. Es war, als habe die Gastgeberin ihre Einladungen verstreut, während sie kreuz und quer durch verschiedene Bars zog, was wahrscheinlich der Fall war. Nach dem anfänglichen Stirnrunzeln verkehrten sie indessen miteinander ohne zu murren, vor allem O. J. Berman, der begierig die neue Gesellschaft ausnutzte, um eine Erörterung über meine Hollywood-Zukunft zu vermeiden. Ich wurde allein bei den Regalen zurückgelassen, von den Büchern dort waren die Hälfte über Pferde, der Rest Baseball. Interesse an *Pferdemuskulatur und ihre Beurteilung* vorschützend, hatte ich Gelegenheit genug, still für mich Hollys Freunde auseinanderzusortieren.

Plötzlich trat einer von ihnen deutlich hervor. Es war ein ältliches Kind, das sein Babyfett bisher noch nicht abgelegt hatte, wenngleich es irgendeinem begabten Schneider nahezu gelungen war, sein dickes, zum Verprügeln einladendes Hinterteil zu tarnen. Da war nicht eine Ahnung von Knochen in seinem Körper; sein Gesicht, eine Null, ausgefüllt mit niedlichen Miniaturzügen, hatte etwas Unverbrauchtes, Jungfräuliches – es war, als sei er geboren und dann aufgequollen, wobei seine Haut glatt blieb wie ein aufgeblasener Luftballon, und sein Mund, obgleich bereit zum Aufbrausen und zu schlechter Laune, ein verwöhntes Kinderschnutchen. Aber es war nicht seine Erscheinung, die ihn heraushob; konservierte Babys sind nicht derart selten. Es war eher sein Benehmen, denn er führte sich auf, als sei dies *seine* Gesellschaft – wie ein tatkräftiger Tintenfisch mixte er Martinis, stellte Leute einander vor und bediente den Plattenspieler. Ehrlich gesagt, seine Betriebsamkeit war zumeist von der Gastgeberin selbst diktiert: »Rusty, würdest du wohl; Rusty, könntest du bitte.« Wenn er in sie verliebt war, so hatte er offensichtlich seine Eifersucht gut im Zaume. Ein eifersüchtiger Mensch hätte wohl seine Beherrschung verlieren können, wenn er beobachtete, wie sie im Zimmer einher streifte, in der einen Hand die Katze, die andere jedoch frei, um hier eine Krawatte zu richten oder Schuppen von einem Revers zu bürsten; der Luftwaffenoberst trug einen Orden, der sein Gutteil an Herumpoliererei abbekam.

Der Name des Mannes war Rutherford (»Rusty«) Trawler. 1908 hatte er beide Eltern verloren, seinen Vater als Opfer eines Anarchisten und die Mutter am Schock, welch doppeltes Unglück aus Rusty eine Waise, einen Millionär und eine Berühmtheit gemacht hatte, alles im Alter von fünf Jahren. Seitdem war er ständiger Füller aller Sonntagsbeilagen, eine Folgeerscheinung, deren Triebkraft zugenommen hatte, seit er, noch als Schuljunge, seinen Paten-Vormund unter Anklage der Sodomie hatte verhaften lassen. Danach hielten ihm Heirat und Scheidung seinen Platz an der Sonne in den Illustrierten. Seine erste Frau hatte sich selbst und ihre Unterhaltsgelder zu einem Rivalen von Father Divine getragen. Die zweite Frau schien nicht näher erklärt, aber die dritte hatte ihn im Staate New York, dank einer ganzen Mappe voll verfänglichen Beweismaterials, vor Gericht gebracht. Er selber ließ sich von der letzten Mrs. Trawler scheiden, wobei sein hauptsächlicher Anklagepunkt anführte, daß sie eine Meuterei auf seiner Jacht angezettelt habe, welch selbige Meuterei darin endete, daß man ihn auf den Dry Tortugas nördlich Haiti aussetzte. Wenngleich er seit damals Junggeselle geblieben, hatte er anscheinend vor dem Kriege um Unity Mitford angehalten, jedenfalls sollte er ihr ein Telegramm mit dem Angebot geschickt haben, sie zu heiraten, falls Hitler es nicht täte. Dies galt als Grund dafür, daß Winchell in seiner Gesellschaftsklatschspalte von ihm immer als »dem Nazi« sprach, dies und die Tatsache, daß er an Massenversammlungen in Yorkville teilnahm.

Diese Dinge wurden mir nicht erzählt. Ich las sie im *Baseball-Führer,* meiner nächsten Auswahl aus Hollys Bücherbord, den sie als Zettelkasten zu benutzen schien. Zwischen die Seiten gelegt fand ich Artikel aus den Sonntagsbeilagen zusammen mit Ausschnitten aus den Klatschspalten. *Rusty Trawler und Holly Golightly Arm in Arm bei der Premiere von »Fast eine Venus«!* Holly tauchte hinter mir auf und erwischte mich, als ich gerade las: *Miss Holiday Golightly, von den Bostoner Golightlys, macht dem vierundzwangzigkarätigen Rusty Trawler jeden Tag zum Feiertag.*

»Bewundern Sie meine öffentliche Beliebtheit oder sind Sie nur ein Baseball-Fanatiker?« fragte sie und rückte ihre dunkle Brille zurecht, während sie mir über die Schulter schaute.

Ich sagte: »Wie war der Wetterbericht dieser Woche?« Sie blinzelte mir zu, aber nicht spaßhaft – ein warnendes Blinzeln: »Auf Pferde bin ich verrückt, aber ich hasse Baseball«, sagte sie, und die Botschaft im Unterton ihrer Stimme besagte, daß sie wünschte, ich möge vergessen, daß sie jemals Sally Tomato erwähnt hatte. »Allein schon den Klang davon am Radio hasse ich; aber ich muß zuhören, das ist ein Teil meiner Bildung. Es gibt so wenig, worüber Männer sich unterhalten können. Wenn ein Mann sich aus Baseball nichts macht, dann muß er Pferde lieben, und wenn er keines von beiden mag, bin ich ohnehin in Schwierigkeiten – dann macht er sich nichts aus Mädchen. Und wie kommen Sie mit O. J. zurecht?«
»Wir haben uns im gegenseitigen Einverständnis getrennt.«
»Er ist eine Gelegenheit, glauben Sie mir das.«
»Ich glaube es Ihnen. Was aber habe ich zu bieten, das ihm als Gelegenheit auffallen würde?«
Sie gab nicht nach. »Gehen Sie zu ihm 'rüber und geben Sie ihm das Gefühl, daß er gar nicht so komisch aussieht. Er kann Ihnen wirklich helfen.«
»Ich erfuhr, daß Sie derlei gar nicht übermäßig schätzten.« Sie schien nicht zu begreifen, bis ich sagte: *»Die Geschichte des Dr. Wassell!«*
»Immer noch die alte Leier?« sagte sie und warf quer

durch das Zimmer einen liebevollen Blick auf Berman. »Aber er trifft damit genau den Punkt: Ich sollte mich schuldig fühlen. Nicht weil sie mir die Rolle gegeben hätten oder weil ich gut gewesen wäre – sie würden nicht und ich würde nicht. Wenn ich mich schuldig fühle, dann ist es wohl deswegen, weil ich ihn weiter Luftschlösser bauen ließ, als ich schon gar nicht mehr daran dachte. Ich suchte nur Zeit herauszuschlagen, um noch an meiner Persönlichkeit ein paar Verbesserungen vorzunehmen – ich war mir verdammt klar darüber, daß ich niemals ein Filmstar werden würde. Das ist allzu schwierig, und wenn man intelligent ist, ist es heikel. Meine Komplexe sind nicht tiefgelagert genug – Filmstar zu sein und ein dickes fettes *Ich* zu besitzen, das soll angeblich Hand in Hand gehen; in Wirklichkeit ist es grundlegend wichtig, überhaupt kein *Ich* zu haben. Ich meine nicht, daß ich etwas dagegen hätte, reich und berühmt zu sein. Das liegt ganz auf meiner Linie, und eines Tages werde ich mich bemühen, es dahin zu bringen; aber wenn das geschieht, hätte ich gerne mein Ich noch an mir dran hängen. Ich möchte immer noch ich selber sein, wenn ich eines schönen Morgens in einem seidenen Himmelbett bei Tiffany aufwache, wo man mir mein Frühstück kredenzt. Sie brauchen ein Glas«, sagte sie, meine leeren Hände bemerkend. »Rusty! Willst du meinem Freund bitte einen Drink bringen?«

Sie hielt noch immer den Kater im Arm. »Armes Mistvieh«, sagte sie und kraulte ihn am Kopf, »armes Mistvieh ohne Namen. Es ist ein bißchen unpraktisch, daß er keinen Namen hat. Aber ich habe kein Recht dazu, ihm einen zu geben – er muß warten, bis er jemandem wirklich gehört. Wir beide haben uns nur eben mal eines Tages nicht weit vom Fluß miteinander eingelassen, wir gehören aber nicht zusammen – er ist unabhängig und ich ebenso. Ich möchte nichts in Besitz nehmen, ehe ich nicht die Stelle gefunden habe, wo ich und mein Besitz gemeinsam hingehören. Ich bin bisher noch nicht so recht sicher, wo das sein könnte. Aber ich weiß, wie es aussehen müßte.« Sie lächelte und ließ den Kater auf den Boden fallen. »Ganz wie bei Tiffany«, sagte sie. »Nicht daß ich mir einen Dreck aus Schmuck machte. Brillanten, nun ja. Aber es ist geschmacklos, Brillanten zu tragen, ehe man vierzig ist; und selbst dann ist es noch riskant. Richtig gut sehen sie nur bei ganz Alten aus – wie Maria Uspenskaya. Runzeln und Knochen, weiße Haare und Brillanten – ich kann's kaum erwarten. Aber das ist es nicht, warum ich so verrückt auf Tiffany bin. Sagen Sie – kennen Sie die Tage, wenn Sie das rote Grausen gepackt hat?«

»Ist das das gleiche wie die blaue Melancholie?«

»Nein«, versetzte sie langsam. »Nein, die kriegen Sie, weil Sie dick werden, oder auch wohl, weil es zu lange regnet. Da ist man traurig, das ist alles. Aber das rote Grausen ist gräßlich. Sie fürchten sich und schwitzen wie in der Hölle, aber Sie wissen nicht, wovor Sie sich fürchten. Außer daß etwas Schlimmes geschehen wird, nur wissen Sie gar nicht, was. Haben Sie das schon mal gehabt?«

»Ziemlich oft. Manche nennen es einfach: Angst.«

»Na schön: Angst. Aber was tun Sie dagegen?«

»Tja, Trinken hilft.«

»Das habe ich versucht. Auch mit Aspirin habe ich's versucht. Rusty meint, ich solle Marihuana rauchen, und das habe ich eine Weile getan, aber da fange ich nur an zu kichern. Was mir, wie ich herausgefunden habe, am allerbesten tut, das ist: eine Taxe nehmen und zu Tiffany fahren. Das macht mich umgehend ruhig, die Stille dort und der prächtige Eindruck; nichts sonderlich Schlimmes kann einem dort passieren, nicht mit diesen liebenswürdigen Männern da in ihren feinen Anzügen und mit dem herrlichen Geruch nach Silber und Krokodillederbrieftaschen. Wenn ich im wirklichen Leben einen Ort finden könnte, der mir ein Gefühl wie Tiffany gibt, würde ich mir ein paar Möbel kaufen und dem Kater einen Namen geben. Ich habe gedacht, daß nach dem Kriege vielleicht Fred und ich –« Sie stieß ihre Brille nach oben, und ihre Augen mit ihrer verschiedenen Färbung, den grauen Tönen mit dem darübergewischten Blau und Grün, hatten eine ins Weite blickende Schärfe angenommen. »Ich bin einmal nach Mexiko gereist. Das ist ein wunderbares Land für Pferdezucht. Ich fand eine Stelle nahe am Meer. Fred versteht sich auf Pferde.«

Rusty Trawler kam mit einem Martini; er reichte ihn mir, ohne mich anzusehen. »Ich habe Hunger«, verkündete er, und seine Stimme, zurückgeblieben wie alles andere an ihm, brachte ein enervierendes Kindergequäke heraus, das Holly Vorwürfe zu machen schien. »Es ist halb acht, und ich habe Hunger. Du weißt, was der Doktor gesagt hat.«

»Ja, Rusty, ich weiß, was der Doktor gesagt hat.«

»Also dann brich das hier ab. Gehen wir.«

»Ich möchte, daß du dich benimmst, Rusty.« Sie sprach sanft, aber es war eine lehrerinnenhafte Strafandrohung in ihrem Ton, die mit einer merkwürdigen Welle des Wohlgefallens, der Dankbarkeit, sein Gesicht erröten machte.

»Du liebst mich nicht«, beklagte er sich, als seien sie allein.

»Ungezogenheiten liebt niemand.«

Offensichtlich hatte sie gesagt, was er zu hören wünschte; es schien ihn gleichzeitig aufzuregen und zu erleichtern. Dennoch fuhr er fort, als sei dies ein Ritual: »Liebst du mich?«

Sie tätschelte ihn. »Kümmre dich um deine Haushaltspflichten, Rusty. Und wenn ich soweit bin, gehen wir essen, wohin du willst.«

»Chinatown?«

»Aber das heißt noch nicht süßsaure Rippchen. Du weißt, was der Doktor gesagt hat.«

Während er mit zufriedenem Watscheln wieder zu seinen Pflichten zurückkehrte, konnte ich nicht widerstehen, sie daran zu erinnern, daß sie seine Frage nicht beantwortet hatte. »Lieben Sie ihn nun also?«

»Ich sagte Ihnen ja: man kann sich dazu bringen, jedermann zu lieben. Außerdem hat er eine widerliche Kindheit gehabt.«

»Wenn die so widerlich war, warum klammert er sich dann an ihr fest?«

»Brauchen Sie mal Ihren Kopf. Können Sie denn nicht sehen, daß sich Rusty einfach sicherer in seinen Windeln fühlt als in einem Damenrock? Welche Wahl es für ihn nämlich wirklich bedeuten würde, nur ist er in der Beziehung sehr empfindlich. Er hat mich mit einem Buttermesser erdolchen wollen, weil ich ihm erklärte, daß er erwachsen werden und der Angelegenheit ins Gesicht sehen solle, indem er sich häuslich niederläßt und trautes Heim mit einem netten väterlichen Lastwagenfahrer spielt. Inzwischen habe ich ihn auf dem Halse, was ganz in Ordnung ist; er ist harmlos, er denkt buchstäblich, daß Mädchen nichts als Puppen sind.«

»Gott sei Dank.«

»Na, wenn das bei den meisten Männern stimmte, würde ich kaum Gott danken.«

»Ich meinte Gott sei Dank, daß Sie Mr. Trawler nicht heiraten werden.«

Sie zog eine Braue hoch. »Übrigens gebe ich durchaus nicht vor, etwa nicht zu wissen, daß er reich ist. Und selbst Land in Mexiko kostet etwas. Jetzt«, sagte sie und bedeutete mir, voranzugehen, »wollen wir O. J. zu packen kriegen.«

Ich hielt sie zurück, während mein Hirn sich abmühte, einen Aufschub zu gewinnen. Dann fiel mir ein: »Warum *auf Reisen*?«

»Auf meiner Visitenkarte?« sagte sie, aus dem Konzept gebracht. »Finden Sie das komisch?«

»Nicht komisch. Nur aufreizend.«

Sie zuckte die Achseln. »Wie soll ich schließlich wissen, wo ich morgen leben werde? Also habe ich ihnen eben gesagt, sie sollten *Auf Reisen* draufsetzen. Jedenfalls war es eine Geldverschwendung, diese Karten zu bestellen. Nur hatte ich das Gefühl, ich schuldete es ihnen, doch ein bißchen Irgendetwas zu kaufen. Sie sind von Tiffany.« Sie griff nach meinem Martini, den ich nicht angerührt hatte, kippte ihn in zwei großen

Schlucken und nahm meine Hand. »Nicht mehr länger drücken. Sie werden jetzt Freundschaft schließen mit O. J.«

Ein Vorfall an der Tür kam dazwischen. Es war eine junge Frau, die eintrat wie ein Wirbelwind, eine Bö aus Schalenden und klingelndem Gold. »H-H-Holly«, stotterte sie mit dräuendem Zeigefinger im Hereinkommen, »du elender G-G-Geizkragen! M-Mußt du denn all diese hochinteressanten Männer für dich allein mit B-Beschlag belegen!«

Sie war gut über einsachtzig groß, überragte die meisten der anwesenden Männer. Die reckten die Rücken gerade und zogen ihre Bäuche ein: Es gab einen allgemeinen Wettbewerb, ihrer schwankenden Höhe gleichzukommen.

Holly sagte: »Was machst du denn hier?« und ihre Lippen waren straffgespannt wie eine Saite.

»Aber g-g-gar nichts, Süßes. Ich war oben, mit Yunioshi gearbeitet. Weihnachtszeug für den *Ba-Ba-zaar.* Aber du scheinst verärgert, Süßes?« Sie verstreute ein Lächeln in der Runde. »Ihr J-Jungens seid doch nicht böse mit mir, daß ich so in eure G-G-Gesellschaft eingebrochen bin?«

Rusty Trawler kicherte. Er quetschte ihren Arm, als wolle er ihre Muskeln bewundern, und fragte sie, ob sie einen Drink brauchen könne.

»Sicher kann ich«, sagte sie. »Nehmen Sie Whisky für meinen.« Holly erklärte ihr: »Es ist keiner da.« Worauf der Luftwaffenoberst vorschlug, er wolle gehen und eine Flasche holen.

»Ach, ich sage euch, m-m-macht doch keine Umstände. Ich bin glücklich mit Salmiakgeist. Holly, Liebchen«, meinte sie, und schob sie leicht beiseite, »kümmer' dich nicht um mich. Ich kann mich selber bekannt machen.« Sie beugte sich zu O. J. Berman nieder, der, wie viele kurzgeratene Männer in Gegenwart hochgewachsener Frauen, einen sehnsüchtig verschleierten Blick bekommen hatte. »Ich bin Mag W-Wildwood aus W-Wildwood, Arkansas. Lauter Berge dort.«

Es schien ein Tanz, den Berman mit allerhand kunstvollem Herumgetrippele ausführte, um seine Rivalen auszuschalten. Er verlor sie an eine Quadrille-Gruppe, die ihre gestotterten Witzeleien gierig aufpickte wie Mais, den man Tauben zugeworfen hat. Es war ein begreiflicher Erfolg. Es war ein Sieg über Häßlichkeit, oft verführerischer als wirkliche Schönheit, und sei es allein um des Paradoxes willen. In diesem Falle, genau entgegengesetzt der sorgfältigen Methode des guten Geschmacks und des erklügelten äußeren Aufputzes, war der Kniff angewandt worden, Unvollkommenheiten zu übertreiben; sie hatte sich mit ihnen geschmückt, indem sie sie tapfer zugab. Absätze, die ihre

Länge unterstrichen, so steil, daß ihre Knöchel wackelten; ein flaches, enganliegendes Kleidoberteil, das deutlich zeigte, sie würde ruhig in einer Badehose an den Strand gehen können; Haar, so straff zurückgezogen, daß es die Magerkeit, das Verhungerte ihres Foto-Mannequingesichtes hervorhob. Selbst das Stottern – sicherlich echt, aber dennoch etwas dicker aufgetragen – war ausgenutzt worden. Es war das Meisterstück, dieses Stottern, denn es vermochte ihre Banalitäten irgendwie originell erscheinen zu lassen und diente überdies dazu, ungeachtet ihrer Länge, ihrer Sicherheit, in männlichen Zuhörern ein Beschützergefühl zu entfachen. Zur Illustrierung: Berman mußte auf den Rücken geklopft werden, weil sie sagte: »W-Wer kann mir sagen, w-wo die T-To ist?«, worauf er den Reigen abschloß und ihr den Arm bot, um sie selbst zu führen.
»Das«, sagte Holly, »wird nicht nötig sein. Sie ist schon mal hiergewesen. Sie weiß, wo es ist.« Sie war beim Ausleeren der Aschbecher, und nachdem Mag Wildwood das Zimmer verlassen hatte, kippte sie erst noch einen weiteren aus und sagte dann, eher seufzend: »Es ist doch wirklich sehr traurig.« Sie stockte lange genug, um die Anzahl der fragenden Mienen zu kalkulieren – es genügte. »Und so unbegreiflich. Man sollte meinen, es würde deutlicher zu merken sein. Aber der Himmel weiß, sie sieht ja gesund aus. So – nun ja: sauber. Das

ist das Außergewöhnliche daran. Würdet ihr«, erkundigte sie sich besorgt, doch nicht an einen einzelnen gewendet, »würdet ihr nicht auch sagen, daß sie sauber aussieht?«

Einer hustete, einige schluckten. Ein Marineoffizier, der Mag Wildwoods Drink gehalten hatte, setzte ihn nieder.

»Aber nun ja«, sagte Holly, »ich höre von so vielen Mädchen aus dem Süden, die den gleichen Kummer haben.« Sie schauerte empfindsam und ging nach der Küche um mehr Eis.

Mag Wildwood konnte es nicht begreifen, das urplötzliche Fehlen der Wärme bei ihrer Rückkehr; die von ihr eingeleiteten Unterhaltungen benahmen sich wie frisches Holz, sie rauchten, wollten aber nicht aufflammen. Unverzeihlicher noch, die Leute gingen, ohne nach ihrer Telefonnummer zu fragen. Der Luftwaffenoberst räumte das Feld, während sie ihm den Rücken drehte, und das gab ihr den Rest – er hatte sie zum Essen eingeladen. Auf einmal war sie betrunken. Und da Gin sich zu Künstlichkeit ebenso verhält wie Tränen zu Wimperntusche, merkte man mit eins auch nichts mehr von ihren Vorzügen. Sie rächte sich an jedem einzelnen. Ihre Gastgeberin nannte sie eine Heruntergekommene aus Hollywood. Sie forderte einen Mann in den Fünfzigern zu einem Boxkampf auf. Sie erklärte Berman,

Hitler habe ganz recht. Sie erfüllte Rusty Trawler mit Lust, indem sie ihn mit steifgestrecktem Arm in eine Ecke manövrierte. »Wissen Sie, was jetzt mit Ihnen passiert?« sagte sie ohne jeden Anflug von Stottern. »Ich werde Sie zum Zoo 'rüber in Marsch setzen und an den Yak verfüttern.« Er machte einen durchaus willigen Eindruck, doch enttäuschte sie ihn, indem sie zu Boden glitt und dort, vor sich hinsummend, sitzenblieb.

»Du bist eine Plage. Steh auf«, sagte Holly, indem sie ihre Handschuhe glattzog. Die Übriggebliebenen der Party erwarteten sie an der Tür, und als die Plage sich nicht rührte, warf mir Holly einen entschuldigenden Blick zu. »Wollen Sie ein Engel sein, Fred, ja? Packen Sie sie in eine Taxe. Sie wohnt im Winslow.«

»Stimmt nicht. Wohne Barbizon. Telefon Regent 4-5700. Verlangen Sie Mag Wildwood.«

»Sie *sind* ein Engel, Fred.«

Sie waren fort. Die Aussicht, eine Amazone zu einer Taxe steuern zu müssen, übertönte jeden Verdruß, den ich etwa fühlen mochte. Allein sie löste das Problem höchstpersönlich. Indem sie sich aus eigenem Antrieb erhob, starrte sie mit taumeliger Großartigkeit auf mich nieder. Sie sagte: »Gehn wir ins Stork. Luftballons fangen«, und fiel der Länge nach hin wie eine gefällte Eiche. Mein erster Gedanke war, nach einem Arzt zu laufen. Doch ergab eine Untersuchung tadellosen Puls und regelmäßiges Atmen. Sie schlief ganz einfach. Nachdem ich ein Kissen für ihren Kopf gefunden hatte, überließ ich sie diesem Genuß.

Am folgenden Nachmittag stieß ich mit Holly auf der Treppe zusammen. *»Sie!«* sagte sie, mit einem Päckchen von der Apotheke an mir vorüberhastend. »Nun hat sie's: am Rande einer Lungenentzündung. Einen Kater von hier bis sonstwohin. Und das rote Grausen obendrein.« Ich entnahm daraus, daß Mag Wildwood noch in ihrer Wohnung war, doch gab sie mir keine Chance, ihr überraschendes Mitleid näher zu erkunden. Über das Wochenende vertiefte sich das Rätsel. Zunächst war da der Südamerikaner, der an meiner Tür stand – versehentlich, denn er erkundigte sich nach Miss Wildwood. Es brauchte einige Zeit, diesen Irrtum aufzuklären, unsere Aussprache schien wechselseitig unklar, doch als wir es dann geschafft hatten, war ich entzückt. Er war mit Sorgfalt zusammengefügt, sein brauner Kopf und die Stierkämpfergestalt waren von einer Genauigkeit, einer Vollkommenheit wie ein Apfel, eine Orange, etwas, das die Natur genau passend geschaffen. Zur Dekoration war dem ein englischer Anzug und erfrischendes Eau de Cologne beigegeben, sowie, noch weniger südamerikanisch, ein schüchternes Benehmen. Das zweite Ereignis des Tages hing wiederum mit ihm zusammen. Es war gegen Abend, und ich sah ihn, als ich zum Essen ausging. Er kam in einer Taxe angefahren, der Chauffeur half ihm beim schwankenden Hereintragen einer Kofferlast. Das gab mir etwas, an dem ich kauen konnte – bis zum Sonntag waren mir die Kiefer schon ziemlich müde.

Dann wurde das Gemälde gleichzeitig dunkler und lichter.

Sonntag war ein Altweibersommertag, die Sonne kräftig, mein Fenster offen, und ich hörte Stimmen auf der Feuertreppe. Holly und Mag saßen langgestreckt auf einer Decke, zwischen sich den Kater. Ihre frischgewaschenen Haare hingen strähnig herunter. Sie waren beschäftigt, Holly damit, sich die Zehennägel zu färben, Mag an einem Pullover strickend. Mag war dabei, zu reden.

»Wenn du mich fragst, ich finde, du hast G-Glück. Eines wenigstens spricht für Rusty. Er ist Amerikaner.«

»Na großartig!«

»*Mädchen!* Wir haben Krieg!«

»Und wenn der vorbei ist, habt ihr mich zum letztenmal gesehen – puh.«

»So empfinde ich nicht. Ich bin stolz auf mein Land. Die M-Männer in meiner Familie waren glänzende Soldaten. Es gibt ein Standbild von Vatersvater Wildwood, mitten auf dem Marktplatz in Wildwood.«

»Fred ist Soldat«, sagte Holly. »Aber ich bezweifle, daß er jemals ein Standbild sein wird. Könnte sein. Es heißt, je blöder einer ist, um so tapferer. Er ist ziemlich blöde.«

»Fred ist der Bursche von oben? Ich habe gar nicht gemerkt, daß der Soldat ist. Aber aussehen tut er blöd.«

»Verlangend. Nicht blöde. Er möchte schrecklich gern in sich drin sein und nach außen schauen – jeder, der so die Nase gegen eine Scheibe preßt, ist in Gefahr, blöd auszuschauen. Auf jeden Fall ist das ein anderer Fred. Fred ist mein Bruder.«

»Du nennst dein eigen F-F-Fleisch und B-B-Blut blöde?«

»Wenn er's ist, ist er's.«

»Also, es ist geschmacklos, so etwas zu sagen. Ein Junge, der für dich und mich und uns alle kämpft.«

»Was ist das – Aufruf bei einer Massenversammlung?«

»Du sollst nur wissen, wie ich eingestellt bin. Ich verstehe Spaß, aber im Grunde genommen bin ich eine ernsthafte P-P-Person. Stolz darauf, Amerikanerin zu sein. Deshalb bedaure ich das so mit José.« Sie ließ ihre Stricknadeln sinken. »Du findest doch auch, daß er schrecklich gut aussieht, nicht wahr?« Holly sagte Hmm und fuhr mit ihrem Nagellackpinsel rasch einmal über die Barthaare des Katers. »Wenn ich mich nur an den Gedanken gewöhnen könnte, einen Brasilianer zu h-h-heiraten. Und selber dann B-B-Brasilianerin zu

sein. Solch ein Abgrund, über den man 'rüber muß. Sechstausend Meilen und nicht einmal die Sprache kennen –«
»Geh zu Berlitz.«
»Warum in aller Welt sollten die P-p-portugiesisch lehren? Als ob das irgendeiner spräche. Nein, meine einzige Chance ist, daß ich versuchen muß, José die Politik vergessen zu machen und ihn Amerikaner werden zu lassen. Es ist doch für einen Mann eine derart sinnlose Sachse – P-P-Präsident von *Brasilien* werden zu wollen!« Sie seufzte und nahm ihr Strickzeug wieder auf. »Ich muß wahnsinnig verliebt sein. Du hast uns ja zusammen gesehen. Findest du, daß ich wahnsinnig verliebt bin?«
»Hmm. Beißt er?«
Mag ließ eine Masche fallen. »Beißen?«
»Dich. Im Bett.«
»Also nein. Sollte er?« Dann setzte sie streng tadelnd hinzu: »Aber er lacht.«
»Gut. Das ist die richtige Einstellung. Ich mag Männer, die die Komik der Sache sehen, die meisten sind nur Gekeuche und Geschnaufe.«
Mag zog ihre Anklage zurück; sie nahm diesen Kommentar als Schmeichelei, die auf sie zurückfiel. »Ja. Ich denke.«
»Schön. Er beißt nicht. Er lacht. Was noch?«

Mag hob ihre gefallene Masche auf und begann von neuem, rechts, links, links.

»Ich fragte –«

»Ich hab's gehört. Und es ist nicht so, daß ich es dir nicht erzählen wollte. Aber es ist so schwierig, sich daran zu erinnern. Ich d-d-denke nicht immerzu an solche Sachen. Wie du anscheinend. Das geht weg aus meinem Kopf wie ein Traum. Ich bin sicher, das ist der normale Zustand.«

»Es mag normal sein, Herzchen, aber da bin ich lieber natürlich.« Holly machte eine Pause in der Tätigkeit, den Rest des Katerbarts rot anzumalen. »Hör zu. Wenn du dich nicht erinnern kannst, versuch doch mal das Licht anzulassen.«

»Bitte, versteh mich, Holly. Ich bin ein sehr, sehr moralischer Mensch.«

»Ach Quatsch. Was ist denn an einem ordentlichen Blick auf den Kerl, den du liebst, dabei? Männer sind was Hübsches, viele von ihnen sind es, José ist es, und wenn du ihn nicht einmal ansehen willst, möchte ich behaupten, daß er eine reichlich kalte Makkaronischüssel kriegt.«

»D-d-dämpfe deine Stimme.«

»Du kannst unmöglich in ihn verliebt sein. So. Ist das die Antwort auf deine Frage?«

»Nein. Weil ich k-k-keine kalte Makkaronischüssel bin.

Ich bin eine warmherzige Person, das ist der Grundzug meines Charakters.«
»Schön. Du hast ein warmes Herz. Aber wenn ich ein Mann auf dem Weg ins Bett wäre, würde ich lieber eine Wärmflasche mitnehmen. Das ist doch greifbarer.«
»Du wirst von José keinerlei Klagen hören«, sagte sie selbstgefällig, wobei ihre Nadeln im Sonnenschein aufblitzten. »Mehr noch: ich liebe ihn doch. Ist dir klar, daß ich zehn Paar Socken in nicht ganz drei Monaten gestrickt habe? Und das hier ist der zweite Pullover.« Sie dehnte ihn und warf ihn zur Seite. »Was soll's jedoch? Pullover in Brasilien. Ich sollte lieber T-T-Tropenhelme machen.«
Holly legte sich zurück und gähnte. »Irgendwann muß doch Winter sein.«
»Es regnet, so viel weiß ich. Hitze. Regen. D-Dschungel.«
»Hitze. Dschungel. Wirklich, da möchte ich sein.«
»Du lieber als ich.«
»Ja«, sagte Holly in schläfrigem Ton, der nicht schläfrig war. »Lieber ich als du.«

Am Montag, als ich wegen der Frühpost hinunterging, war die Karte an Hollys Briefkasten abgeändert, ein Name hinzugefügt – Miss Golightly und Miss Wildwood waren jetzt gemeinsam Auf Reisen. Dies hätte wohl mein Interesse etwas länger festgehalten ohne jenen Brief in meinem eigenen Kasten. Er kam von einer kleinen Universitätszeitschrift, deren Redaktion ich eine Geschichte eingeschickt hatte. Sie gefiel ihnen, und wenn ich auch verstehen müsse, daß sie sich kein Honorar leisten könnten, beabsichtigten sie doch, sie zu bringen. Sie bringen – das hieß *drucken*. Vor Aufregung schwindlig ist keine bloße Phrase. Ich mußte es jemand erzählen – und, zwei Stufen auf einmal nehmend, bummerte ich an Hollys Tür.

Ich traute meiner Stimme nicht zu, die Neuigkeit zu berichten – sobald sie zur Tür kam, die Augen vom Schlafe schielend, streckte ich ihr den Brief entgegen. Es schien, als hätte sie Zeit gehabt, sechzig Seiten zu lesen, ehe sie ihn mir wieder zurückgab. »Ich würde denen das nicht erlauben; nicht, wenn sie Ihnen nichts zahlen wollen«, sagte sie gähnend. Mein Gesicht erklärte wahrscheinlich, daß sie es falsch ausgelegt hatte, daß ich keinen Rat von ihr wollte, sondern Glückwünsche – ihr Mund wechselte vom Gähnen zum Lächeln. »Ach so. Das ist ja wunderbar. Also kommen Sie herein«, sagte sie. »Machen wir uns einen Topf Kaffee und feiern. Nein. Ich werde mich anziehen und Sie zum Essen ausführen.«

Ihr Schlafzimmer war ihrem Wohnzimmer gemäß – es setzte die gleiche Zeltlager-Atmosphäre fort; Kisten und Koffer, alles gepackt und fertig zur Abreise wie die Habseligkeiten eines Verbrechers, der das Gesetz auf seinen Fersen spürt. Im Wohnzimmer waren keine üblichen Möbelstücke, aber das Schlafzimmer hatte *das* Bett an sich aufzuweisen, ein Doppelbett noch dazu, und erheblich prunkhaft – lichtes Holz und mit wattierter Seide bespannt.

Sie ließ die Tür zum Badezimmer offen und unterhielt sich von dorther; zwischen dem Gerausche und Gebürste war das meiste, was sie sagte, unverständlich, aber das Wesentliche davon war: sie *nehme an,* ich wisse, daß Mag Wildwood eingezogen sei, und sei dies nicht praktisch, denn *wenn* man schon mit jemand zusammenziehe und es sei *keine* Schwule, dann sei das Nächstbeste eine *völlige Idiotin,* was Mag *ist,* weil man ihr dann die Miete aufhalsen *und* sie mit der Wäsche schicken könne.

Man konnte sehen, daß Holly Wäscheprobleme hatte; der Raum war übersät, wie eine Mädchenturnhalle. »– und wissen Sie, daß sie als Modell recht erfolgreich ist, ist das nicht phantastisch? Aber auch gut«, sagte sie und kam aus dem Badezimmer gehumpelt, weil sie ein Strumpfband festmachte. »Da sollten wir uns die meiste Zeit des Tages nicht in die Quere geraten. Und es dürfte nicht allzuviel Unannehmlichkeiten an der Männerfront geben. Sie ist verlobt. Netter Kerl obendrein.

Wenngleich da ein winziger Größenunterschied besteht – dreißig Zentimeter würde ich sagen, die sie mehr hat. Wo zum Teufel –« Sie lag auf den Knien und angelte unter ihrem Bett. Nachdem sie gefunden hatte, wonach sie suchte, ein Paar Eidechsenschuhe, mußte sie nach einer Bluse suchen, einem Gürtel, und es war Stoff zum Nachdenken, wie sie, aus solchem Strandgut, am Ende den Effekt herausbrachte – verwöhnt, gelassen makellos, als hätten ihr Kleopatras Dienerinnen aufgewartet. Sie sagte: »Hören Sie«, und umfing mein Kinn mit ihrer Hand, »ich freue mich wegen Ihrer Geschichte. Wirklich.«

Dieser Montag im Oktober 1943. Ein herrlicher Tag mit der Schwungkraft eines Vogels. Zum Beginn tranken wir Manhattans bei Joe Bell, und als der von meinem Glück erfuhr, gab er Champagnercocktails aus. Später spazierten wir zur Fifth Avenue, wo eine Parade stattfand. Die Flaggen im Winde, das Gebumse der Militärmusik und Soldatenfüße schienen nichts mit dem Krieg zu tun zu haben, sondern eher als Fanfare zu Ehren meiner Person arrangiert zu sein.
Wir aßen Mittag in einer Cafeteria im Park. Unter Vermeidung des Zoos (Holly sagte, sie könne es nicht ertragen, irgendwas in einem Käfig zu sehen) kicherten, rannten und sangen wir die Wege entlang auf das alte

hölzerne Bootshaus zu, das heute verschwunden ist. Blätter schwammen auf dem See, am Ufer war ein Parkwärter dabei, ein Freudenfeuer aus Laub anzufachen, und der Rauch, der wie ein Indianersignal daraus aufstieg, war der einzige Schmutzfleck in der zitternden Luft. Der April hat nie viel für mich bedeutet, Herbst schien mir jene Jahreszeit des Beginns, Frühling; was ich empfand, als ich mit Holly auf dem Geländer der Bootshausveranda saß. Ich dachte an die Zukunft und sprach von der Vergangenheit. Weil Holly etwas von meiner Kindheit wissen wollte. Sie berichtete auch von der ihren; doch ging dies am Eigentlichen vorbei, war namenlos, schauplatzlos, eine impressionistische Erzählung, wenngleich die erhaltene Impression das Gegenteil von dem war, was man erwartete, denn sie gab eine fast üppige Aufzählung von Baden und Sommer, Weihnachtsbäumen, reizenden Vettern und Cousinen und Kindergesellschaften – kurzum: in einer Weise glücklich, wie sie selbst es nicht war, und bestimmt kein Hintergrund für ein Kind, das davonlief.
Oder, fragte ich, sei es nicht wahr, daß sie auf sich selbst gestellt war, seit sie vierzehn gewesen? Sie rieb sich die Nase. »Das ist wahr. Das andere nicht. Aber wirklich, Herzchen, Sie haben eine solche Tragödie aus Ihrer Kindheit gemacht, daß ich nicht das Gefühl hatte, wetteifern zu sollen.«

Sie hopste vom Geländer herunter. »Nichtsdestoweniger erinnert es mich – ich sollte eigentlich Fred etwas Erdnußbutter schicken.« Den Rest des Nachmittags waren wir im Osten und Westen, wo wir widerstrebenden Kolonialwarenhändlern Erdnußbutterbüchsen entlockten, eine Mangelware in Kriegszeiten; es dämmerte, ehe wir ein halbes Dutzend Büchsen zusammengebracht hatten, die letzte in einem Delikatessenladen auf der Third Avenue. Das war unweit des Antiquitätengeschäftes mit dem palastartigen Vogelkäfig im Schaufenster, also nahm ich sie dorthin zum Anschauen, und ihr gefiel das Wesentliche, die absonderliche Phantasie: »Aber trotzdem, es ist ein Käfig.«
Als wir bei Woolworth vorbeikamen, packte sie meinen Arm: »Stehlen wir doch mal was«, sagte sie und zog mich in den Laden, wo wir im gleichen Moment in die Klemme von Blicken zu geraten schienen, als stünden wir bereits unter Verdacht. »Los. Nicht feige sein.« Sie erspähte einen Tisch, der hoch mit Pappkürbissen und Masken zum Halloween-Feiern beladen dastand. Die Verkäuferin war mit einer Schar Nonnen beschäftigt, die Masken aufprobierten. Holly nahm eine Maske und ließ sie über ihr Gesicht gleiten, sie wählte eine zweite und streifte sie über das meine; dann nahm sie mich bei der Hand, und wir gingen davon. So einfach war das. Draußen rannten wir ein paar Straßen weit, um es dra-

matischer zu machen, glaube ich, ebensosehr aber auch, wie ich herausfand, weil erfolgreiches Stehlen einen mit Lust erfüllt. Ich war neugierig, ob sie schon oft gestohlen hatte. »Früher viel«, sagte sie. »Das heißt, ich mußte eben. Wenn ich etwas haben wollte. Aber ich tue es jetzt noch ab und zu, gewissermaßen um in Übung zu bleiben.«
Wir trugen die Masken auf dem ganzen Heimweg.

Ich habe eine Erinnerung, viele Tage, da und dort, mit Holly verbracht zu haben, und es stimmt, wir sahen zwischendurch eine rechte Menge voneinander, doch im ganzen betrachtet, ist die Erinnerung falsch. Weil ich gegen Ende des Monats eine Stellung fand – was bleibt dem hinzuzufügen? Je weniger, je besser, außer, daß es unumgänglich war und von neun bis fünf dauerte. Was unsern Stundenplan, Hollys und meinen, außerordentlich verschieden machte.
Wenn es nicht Donnerstag war, ihr Sing-Sing-Tag, oder wenn sie nicht im Park ausgeritten war, was sie gelegentlich tat, war Holly knapp aufgestanden, wenn ich heimkam. Manchmal hielt ich dort an und teilte ihren Aufweck-Kaffee mit ihr, während sie sich für den Abend anzog. Sie war ständig gerade beim Ausgehen, nicht immer mit Rusty Trawler, aber meistens, und meistens auch schlossen sich ihnen Mag Wildwood und der

gutaussehende Brasilianer an, der José Ybarra-Jaeger hieß – seine Mutter war eine Deutsche. Als Quartett schlugen sie einen unmusikalischen Ton an, was hauptsächlich Ybarra-Jaegers Fehler war, der in ihrer Gesellschaft so deplaziert wirkte wie eine Violine in einer Jazzband. Er war intelligent, er war präsentabel, er schien ernstlich mit seiner Arbeit verbunden, die unklar etwas mit der Regierung zu tun hatte, irgendwie wichtig war und ihn einige Tage in der Woche nach Washington entführte. Wie also konnte er es Abend für Abend überleben, in La Rue, El Morocco, dem Wildwood-P-P-Plaudern zuzuhören und in Rustys Kinderpopogesicht zu blicken? Möglicherweise war er – wie die meisten von uns in einem fremden Lande – unfähig, die Menschen einzuordnen, den Rahmen für ihr Bild herauszufinden, wie er dies in der Heimat getan hätte; alle Amerikaner mußten deshalb in etwa dem gleichen Lichte betrachtet werden, und auf dieser Basis erschienen seine Gefährten als erträgliche Beispiele für Lokalkolorit und Nationalcharakter. Das würde viel erklären; Hollys Entschlossenheit erklärt den Rest.

Während ich eines Nachmittags spät auf einen Fifth-Avenue-Bus wartete, bemerkte ich eine Taxe auf der anderen Straßenseite, die hielt, um ein Mädchen aussteigen zu lassen, das die Stufen zur Bibliothek an der Zweiundvierzigsten Straße hinauflief. Sie war schon durch die Türen, ehe ich sie erkannte, was verzeihlich ist, denn Holly und Bibliotheken waren nicht leicht in Zusammenhang zu bringen. Ich ließ mich von der Neugier zwischen den Löwen hindurchgeleiten, unterwegs überlegend, ob ich zugeben sollte, ihr gefolgt zu sein, oder aber Zufall vorschützen. Am Ende tat ich keins von beiden, sondern verbarg mich einige Tische entfernt von ihr im Lesesaal, wo sie hinter ihren dunklen Gläsern und einer Festung aus Literatur saß, die sie sich bei der Ausgabe geholt hatte. Sie hastete von einem Buch zum andern, zeitweilig über einer Seite verweilend, stets mit gerunzelter Stirn, als sei sie verkehrt herum gedruckt. Sie hielt einen Bleistift in der Schwebe über Papier – nichts schien ihre Phantasie anzusprechen, bis sie hier und da, wie vom Teufel gejagt, fleißig zu kritzeln begann. Indem ich sie beobachtete, fiel mir ein Mädchen ein, das ich in der Schule gekannt, eine Streberseele, Mildred Grossman. Mildred – mit ihrem strähnigen Haar und den speckigen Brillengläsern, ihren fleckigen Fingern, die Frösche sezierten und Kaffee zu Streikposten brachten, ihren flachliegenden Augen, die sich den Sternen nur zuwandten, um deren chemisches Gewicht abzuschätzen. Erde und Luft konnten nicht größere Gegensätze sein als Mildred und Holly, dennoch nahmen sie in meinem Kopfe die Gestalt siamesischer Zwillinge an, und der Gedankenfaden, der sie also zusammengenäht hatte, verlief so: die durchschnittliche Persönlichkeit formt sich des öfteren neu, alle paar Jahre werden selbst unsere Körper zur Gänze frisch überholt – wünschenswert oder nicht, ist es naturgegeben, daß wir uns wandeln sollen. Schön, hier waren nun zwei, die das niemals tun würden. Das ist es, was Mildred Grossman mit Holly Golightly gemein hat. Nie würden sie sich ändern, weil sie ihr Gepräge allzu früh erhalten hatten: Die eine hatte sich als toplastige Realistin aufgetakelt, die andere als schiefe Romantikerin. Ich stellte sie mir in einem Restaurant der Zukunft vor, wo Mildred noch immer das Menu auf seinen Nährwert hin studierte, Holly sich voller Gier auf all und jedes davon stürzte. Es würde niemals anders sein. Sie würden durch ihr Leben wandern und davongehen mit dem gleichen entschlossenen Schritt, der jenen Klippen zur Seite nur geringe Beachtung schenkte. Solche tiefgründigen Betrachtungen ließen mich vergessen, wo ich war; ich kam zu mir, erschrocken, mich im Düster der Bibliothek zu finden und neuerlich ganz überrascht, Holly hier zu sehen. Es war sieben vorüber, sie erneuerte ihr Lippenrot und putzte ihre äußere Erscheinung von dem, was sie als korrekt für eine Bibliothek angesehen, zu dem auf, was sie durch Hinzufügung von ein bißchen Schal, einem Paar Ohrringen als passend für das »Colony« erachtete. Nachdem sie gegangen war, wanderte ich zu ihrem Tisch hinüber, wo die Bücher liegengeblieben waren; sie waren genau das, was ich hatte sehen wollen. *Im Flugzeug über dem Süden. Abseits in Brasilien. Politisches Denken in Südamerika.* Und so weiter.

Am Weihnachtsabend gaben sie und Mag eine Party. Holly bat mich, früher zu kommen und beim Baumputzen zu helfen. Ich weiß noch immer nicht genau, wie sie diesen Baum in ihre Wohnung hineinmanövriert hatten. Die obersten Zweige waren gegen die Decke gepreßt, die unteren streckten sich von einer Wand zur andern; alles in allem war er dem Adventsmonstrum aus dem Rockefeller Plaza nicht unähnlich. Darüber hinaus hätte es zudem einen Rockefeller gebraucht, um ihn zu schmücken, denn er saugte Kugeln und Lametta ein wie geschmolzenen Schnee. Holly schlug vor, zu Woolworth laufen und ein paar Ballons stehlen zu wollen, tat es, und diese machten aus dem Baum ein verhältnismäßig anständiges Ausstellungsstück. Wir stießen auf unser Werk an, und Holly sagte: »Schauen Sie ins Schlafzimmer. Da ist ein Geschenk für Sie.«
Ich hatte auch etwas für sie – ein kleines Päckchen in der Tasche, das sich nun sogar noch kleiner anfühlte, als ich, groß und breit auf dem Bett und mit rotem Band umwunden, den prächtigen Vogelkäfig sah.

»Aber Holly! Das ist ja fürchterlich!«
»Ehrlicher könnte ich nicht zustimmen, aber ich dachte, Sie wünschten es sich.«
»Das Geld! Dreihundertfünfzig Dollar!«
Sie zuckte die Achseln. »Ein paarmal öfter pudern gehen. Nur versprechen Sie mir eins: Versprechen Sie, nie etwas Lebendiges hineinzusetzen.«
Ich machte Miene, sie zu küssen, doch sie hielt mir die Hand entgegen. »Her damit«, sagte sie, indem sie auf die ausgebauchte Stelle an meiner Tasche tippte.
»Leider ist es nicht viel«, und das war es auch nicht – eine Christophorus-Medaille. Aber wenigstens kam sie von Tiffany.
Holly war nicht das Mädchen, das etwas behalten konnte, und sicherlich hat sie unterdes die Medaille verloren, ließ sie in einem Koffer oder einem Hotelzimmerschubfach liegen. Aber den Vogelkäfig besitze ich noch. Ich habe ihn mit mir herumgeschleppt nach New Orleans, Nantucket, durch ganz Europa, Marokko, Westindien. Dennoch erinnere ich mich nur selten daran, daß es Holly war, die ihn mir geschenkt hat, weil ich an einem bestimmten Punkt vorzog, es zu vergessen – wir hatten eine mächtige Auseinandersetzung, und zu den Objekten, die im Zentrum unseres Hurrikans herumwirbelten, gehörten der Vogelkäfig und O. J. Berman und meine Geschichte, von der ich Holly ein Exemplar

gegeben hatte, als sie in der Universitätszeitschrift erschien. Irgendwann im Februar war Holly auf Winterurlaub gegangen mit Rusty, Mag und José Ybarra-Jaeger. Unser Wortwechsel ereignete sich kurz nach ihrer Rückkehr. Sie war braun wie Jod, ihr Haar zu geisterhafter Farbe sonnengebleicht, sie hatte eine herrliche Zeit verlebt: »Also zuerst waren wir in Key West, und Rusty kriegte eine Wut auf ein paar Matrosen oder umgekehrt, jedenfalls wird er für den Rest seines Lebens eine Rückgratstütze tragen müssen. Die liebste Mag endete ebenfalls im Hospital. Hochgradiger Sonnenbrand. Abscheulich – lauter Blasen und Citronellaschmiere. Wir konnten den Geruch von ihr nicht mehr ertragen. Daher ließen wir die beiden im Krankenhaus und gingen nach Havanna. Er sagte, ich soll warten, bis ich Rio gesehen hätte, aber was mich betrifft, setze ich glatt schon heute auf Havanna. Wir hatten einen unwiderstehlichen Führer, in der Hauptsache Neger und der Rest Chinese, und obgleich ich weder auf die einen noch die andern sonderlich fliege, war die Kombination allerhand eindrucksvoll – also ließ ich ihn mit den Knien so unterm Tisch, weil ich ihn, offen gesagt, keineswegs alltäglich fand; dann aber nahm er uns eines Abends in einen Sensationsfilm mit, und was denken Sie? Da war er auf der Leinwand. Als wir zurück nach Key West kamen, war Mag selbstverständlich fest überzeugt, daß ich die ganze Zeit mit José im Bett gewesen wäre. Rusty nicht minder – aber ihm macht das nichts aus, der möchte dann nur die Einzelheiten hören. Tatsächlich war die Lage reichlich gespannt, bis ich mit Mag ein vertrauliches Gespräch unter vier Augen hatte.«

Wir waren im vorderen Zimmer, wo, obgleich es nun schon fast März war, der riesige Weihnachtsbaum, braun geworden und ohne Geruch, seine Ballons eingeschrumpelt wie die Zitzen einer alten Kuh, noch immer fast allen Raum beanspruchte. Ein erkennbares Möbelstück war dem Zimmer zugefügt: ein Feldbett, und Holly, die ihr tropisches Aussehen zu bewahren suchte, lag dort langausgestreckt unter einer Höhensonne.

»Und Sie haben sie überzeugt?«

»Daß ich nicht mit José geschlafen hätte? Mein Gott, ja. Ich habe ihr ganz einfach erzählt – aber natürlich habe ich es wie ein abgerungenes Geständnis klingen lassen –, einfach erzählt, daß ich schwul sei.«

»Das kann sie doch nicht geglaubt haben.«

»Als ob nicht! Wozu meinen Sie, ist sie losgegangen und hat dies Feldbett hier gekauft? Das können Sie mir schon lassen: Ich bin immer große Klasse in Schockbehandlung. Seien Sie ein Herzchen, Herzchen, reiben Sie mir den Rücken mit Öl ein.« Während ich ihr diesen Dienst leistete, sagte sie: »O. J. Berman ist zur Zeit

in der Stadt, und passen Sie auf: ich habe ihm Ihre Geschichte in der Zeitschrift gegeben. Er war ganz beeindruckt. Er meint, daß es sich vielleicht lohnte, Ihnen zu helfen. Aber er sagt, Sie seien auf der falschen Fährte. Neger und Kinder – wen kümmert das?«
»Mr. Berman nicht, vermutlicherweise.«
»Na, ich kann ihm nur recht geben. Ich habe die Geschichte zweimal gelesen. Gören und Nigger. Zitterndes Laub. *Beschreibung.* Es gibt keinen *Sinn.*«
Meine Hand, die Öl auf ihrer Haut verrieb, schien ihr eigenes Temperament zu haben – sie verlangte danach, sich aufzuheben und auf ihrem Hinterteil herunterzufallen. »Geben Sie mir ein Beispiel«, sagte ich ruhig. »Von etwas, das einen Sinn gibt. Ihrer Meinung nach.«
»Wuthering Heights«, sagte sie ohne zu zögern.
Das Drängen in meiner Hand nahm über jede Kontrolle zu. »Aber das ist unvernünftig. Sie sprechen über das Werk eines Genies.«
»Das ist es, nicht wahr? *Meine süße wilde Cathy.* Mein Gott, eimervoll habe ich geheult. Ich hab's zehnmal gesehen.«
Ich sagte »Oh« mit vernehmbarer Erleichterung, »oh« mit einem niederträchtig ansteigenden Tonfall, »den *Film*!«
Ihre Muskeln verhärteten sich, sie fühlte sich an wie ein von der Sonne gewärmter Stein. »Jedermann muß sich

irgendwem gegenüber überlegen vorkommen«, sagte sie. »Im allgemeinen ist es nur üblich, dafür einen kleinen Beweis vorzubringen, ehe man sich das herausnimmt.«
»Ich vergleiche mich ja nicht mit Ihnen. Oder mit Berman. Daher kann ich mir nicht überlegen vorkommen. Wir wollen nur ganz andere Dinge.«
»Wollen Sie nicht Geld verdienen?«
»So weit habe ich noch gar nicht geplant.«
»So klingen Ihre Geschichten auch. Als hätten Sie sie geschrieben, ohne den Schluß zu kennen. Na, ich will Ihnen nur sagen: Verdienen Sie lieber Geld. Sie haben eine kostspielige Phantasie. Nicht viele Leute werden Ihnen Vogelkäfige kaufen.«
»Es tut mir leid.«
»Das wird es, wenn Sie mich hauen. Vor einer Minute haben Sie das gewollt – ich konnte das in Ihrer Hand spüren. Und Sie möchten es auch jetzt.«
Und ob, entsetzlich gern; meine Hand, mein Herz zitterten, während ich die Flasche zuschraubte. »O nein, das würde mir nicht leid tun. Bedauern tue ich nur, daß Sie Ihr Geld an mich verschwendet haben – Rusty Trawler als Verdienstquelle ist doch mehr als übel.«
Sie setzte sich auf dem Feldbett auf, ihr Gesicht, ihre nackten Brüste im Schein der Höhensonne von kaltem Blau. »Etwa vier Sekunden sollten Sie brauchen,

um von hier bis zur Tür zu kommen. Ich gebe Ihnen zwei.‹

Ich ging geradewegs nach oben, holte den Vogelkäfig, nahm ihn herunter und ließ ihn vor ihrer Tür stehen. Damit war das erledigt. Oder so bildete ich mir das jedenfalls ein bis zum nächsten Morgen, als ich beim Fortgehen zu meiner Arbeit den Käfig, gegen eine Abfalltonne am Bürgersteig gelehnt, auf den Mann von der Müllabfuhr warten sah. Schafsdämlich genug rettete ich ihn und trug ihn zurück in mein Zimmer, eine Kapitulation, die meinen Entschluß nicht minderte, Holly Golightly gänzlich aus meinem Leben zu streichen. Sie war, entschied ich, »eine ungeschliffene Exhibitionistin«, »eine Zeitverschwendung«, »absoluter Talmi« – jemand, an den ich nie wieder das Wort richten würde.

Und das tat ich auch nicht. Lange Zeit nicht. Mit niedergeschlagenen Augen gingen wir auf der Treppe aneinander vorbei. Wenn sie zu Joe Bell hereinkam, ging ich hinaus. Zu einem Zeitpunkt ließ Madame Sapphia Spanella, die Koloratursängerin und Rollschuhbegeisterte, die auf der untersten Etage wohnte, einen Brief bei den übrigen Mietern des Backsteinhauses umlaufen, worin sie bat, sich ihr anzuschließen, um Miss Golightly hinauswerfen zu lassen – sie sei, sagte Madame Spanella, »moralisch nicht einwandfrei« und

»die Anstifterin nächtelanger Zusammenkünfte, die die Sicherheit und Gesundheit ihrer Nachbarn bedrohen«. Obgleich ich mich zu unterschreiben weigerte, hatte ich insgeheim das Gefühl, Madame Spanella habe Grund zur Klage. Aber ihr Gesuch schlug fehl, und als der April sich dem Mai näherte, waren die fensteroffenen warmen Frühlingsabende eindrucksvoll belebt von Party-Geräuschen, dem lauten Plattenspieler und Martini-Gelächter, das Apartment 2 entquoll.

Es war nichts Neues, verdächtigen Gestalten unter Hollys Besuchern zu begegnen, ganz im Gegenteil; aber eines Tages bemerkte ich damals, im späten Frühling, als ich durch das Vestibül des Backsteinhauses ging, einen höchst auffallenden Menschen, der ihren Briefkasten studierte. Ein Mann Anfang der Fünfzig mit einem harten, verwitterten Gesicht, grauen einsamen Augen. Er trug einen alten schweißfleckigen grauen Hut, und sein billiger Sommeranzug, ausgeblichen blau, hing ihm lose um sein dürres Gestell. Er schien nicht die Absicht zu haben, bei Holly zu klingeln. Langsam, als lese er Blindenschrift, ließ er immer wieder einen Finger über die geprägten Buchstaben ihres Namens gleiten.

An jenem Abend, als ich zum Essen fortging, sah ich den Mann wieder. Er stand gegenüber auf der Straße, gegen einen Baum gelehnt und starrte zu Hollys Fenster hinauf. Finstere Überlegungen überstürzten sich in meinem Hirn: War er ein Detektiv? Oder irgendein Spion der Unterwelt, der mit ihrem Sing-Sing-Freund Sally Tomato zusammenhing? Die Situation weckte meine weicheren Gefühle für Holly zu neuem Leben; es war nur anständig, unsere Fehde lange genug zu unterbrechen, um sie zu warnen, daß sie beobachtet würde. Als ich zur Ecke vorging, in Richtung auf das Lokal an der Kreuzung der Neunundsiebzigsten Straße und Madison zu, konnte ich spüren, wie sich die Aufmerksamkeit des Mannes auf mich konzentrierte. Gleich darauf wußte ich, ohne den Kopf zu wenden, daß er mir folgte. Denn ich konnte ihn pfeifen hören. Nicht irgendeine gewöhnliche Melodie, sondern die klagende Prärie-Weise, die Holly manchmal auf ihrer Gitarre spielte: *Will niemals schlafen, Tod nicht erleiden, Will nur so dahinziehn über die Himmelsweiden.* Das Gepfeife ging weiter über die Park Avenue hinweg und die Madison hinauf. Einmal, da ich auf das Umschalten einer Verkehrsampel warten mußte, beobachtete ich aus dem Augenwinkel, wie er sich niederbeugte, um einen Spitz mit schütterem Fell zu streicheln. »Ein prächtiges Vieh haben Sie da«, versicherte er dem Besitzer mit dem heiseren, ländlichen Akzent der Südstaaten.

Das Lokal war leer. Trotzdem setzte er sich direkt neben mich an die lange Theke. Er roch nach Tabak und

Schweiß. Er bestellte eine Tasse Kaffee, rührte ihn aber nicht an, als er kam. Dafür kaute er an einem Zahnstocher und musterte mich eingehend in dem uns gegenüber an der Wand hängenden Spiegel. »Entschuldigen Sie«, sagte ich, ihn über den Spiegel hin ansprechend, »aber was wünschen Sie?«

Die Frage setzte ihn nicht in Verlegenheit, er schien erleichtert, daß sie gestellt worden war. »Mein Sohn«, sagte er, »ich brauche einen Freund.«

Er brachte eine Brieftasche zum Vorschein. Sie war abgegriffen wie seine lederigen Hände, zerfiel fast in Stücke, nicht anders als die brüchige, eingerissene, verschwommene Fotografie, die er mir reichte. Sieben Personen waren da auf dem Bild, alle zusammen in einer Gruppe auf der ausgetretenen Veranda eines Holzhauses und alles Kinder bis auf den Mann selber, der seinen Arm um die Taille eines pummeligen blonden kleinen Mädchens gelegt hatte, die mit einer Hand ihre Augen gegen die Sonne schützte. »Das bin ich«, sagte er und deutete auf sich. »Das ist sie ...« er tippte auf das pummelige Mädchen. »Und dieser hier drüben«, fügte er, auf eine strubbelköpfige Bohnenstange weisend hinzu, »das ist ihr Bruder Fred.«

Ich blickte zurück auf »sie« – und ja, jetzt konnte ich es erkennen, eine embryohafte Ähnlichkeit mit Holly in dem blinzelnden, pausbäckigen Kind. Im gleichen Augenblick wurde mir klar, wer der Mann sein mußte.

»Sie sind Hollys *Vater.*«

Er zuckte mit den Lidern, er runzelte die Brauen. »Ihr Name ist nicht Holly. Sie hieß Lulamae Barnes. Hieß so«, sagte er und schob den Zahnstocher in eine andere Ecke seines Mundes, »bis sie mich heiratete. Ich bin ihr Mann. Dok Golightly. Ich bin Pferdedoktor, für so Tiere überhaupt. Bißchen Landwirtschaft nebenher, außerdem. In der Nähe von Tulip, Texas. Sohn, warum lachen Sie?«

Es war kein richtiges Lachen, es waren die Nerven. Ich trank etwas Wasser und verschluckte mich, er klopfte mir den Rücken. »Da ist nichts zu lachen, Sohn. Ich bin ein Mann, der es satt hat. Fünf Jahre lang habe ich nach meiner Frau gesucht. Sobald ich den Brief von Fred kriegte, in dem stand, wo sie ist, habe ich mir die Karte für den Expreß gekauft. Lulamae gehört nach Haus zu ihrem Mann und ihren Kindern.«

»Kindern?«

»Die da sin ihre Kinder«, schrie er mich fast an. Er meinte die vier anderen jungen Gesichter auf dem Bild, zwei barfüßige Mädchen und ein Paar Buben in Overalls. Na ja, natürlich: der Mann war übergeschnappt. »Aber Holly kann doch nicht die Mutter von diesen Kindern sein. Die da sind doch älter als sie. Erwachsener.«

»Also, Sohn«, sagte er einsichtig, »ich habe ja nicht behauptet, daß die ihre eigengeborenen Kinner wären, deren richtige feine Mutter, 'ne feine Frau, Gott hab sie selig, die is am 4. Juli, Unabhängigkeitstag, 1936 verschieden. Im Jahr der großen Dürre. Als ich Lulamae heiratete, das war im Dezember 1938, da wurde sie damals vierzehn. Möglich, daß ein gewöhnlicher Mensch, der nur erst vierzehn ist, noch nicht genau wissen würde, was er soll. Aber nehmen Sie die Lulamae, die war eine außerordentliche Person. Die wußte gut und schön, was sie tat, als sie zusagte, meine Frau zu werden un die Mutter von meinen Kindern. Glatt das Herz gebrochen hat sie uns, als sie so einfach weggelaufen ist.«
Er trank einen Schluck von seinem kalten Kaffee und blickte mich mit forschendem Ernst an. »Also, Sohn, mißtrauen Sie mir? Glauben Sie, was ich sage?«
Ich glaubte. Es war zu unglaubwürdig, um nicht Tatsache zu sein; überdies stimmte es genau mit O. J. Bermans Beschreibung der Holly überein, der er zuerst in Kalifornien begegnet war – »Man weiß nicht, stammt sie von den Bergen oder aus Oklahoma oder sonstwoher.« Man konnte Berman keinen Vorwurf machen, nicht erraten zu haben, daß sie ein Kind-Weib aus Tulip, Texas, war.
»Glatt das Herz gebrochen hat sie uns, als sie so einfach weggelaufen ist«, wiederholte der Pferdedoktor. »Sie

hatte keinen Grund. Alle Hausarbeit wurde von ihren Töchtern gemacht. Lulamae konnte ganz tun und lassen, was sie wollte – vor Spiegeln 'rumtrödeln und ihre Haare waschen. Unsere eigenen Kühe, unsern eigenen Garten, Hühner, Schweine – Sohn, die Frau ist doch buchstäblich fett geworden. Während der Bruder zum Riesen 'ranwuchs. Was wohl ganz schön anders war als der Anblick, wie sie zu uns kamen. Nellie war's, meine Älteste, Nellie war's, die sie ins Haus brachte. Die kam eines Morgens zu mir und sagte: Papa, ich hab' zwei verwilderte Jungsche in der Küche eingeschlossen. Ich hab' sie erwischt, wie sie Milch un Puteneier stibitzten. Das waren Lulamae und Fred. Also, nie im Leben haben Sie so was Jammervolles gesehen. Die Rippen stachen nach allen Seiten, Beine, so kläglich dürr, daß sie kaum stehen konnten, Zähne so wacklig schlecht, daß sie keinen Brei kauen konnten. Geschichte war so: ihre Mutter starb an TB, und ihr Papa tat dasselbe – und all die Kinner, eine ganze Hucke voll davon, die wurden losgeschickt, um mit verschiedenen armseligen Leuten zu leben. Lulamae und ihr Bruder, die zwei lebten nun mit irgendwelchen armseligen nichtsnutzigen Leuten an die zweihundert Kilometer östlich von Tulip. Sie hatte guten Grund, aus jenem Haus davonzulaufen. Sie hatte keinen, meins zu verlassen. Es war ihr Heim.« Er stützte die Ellbogen auf die Theke und seufzte, die Fingerspitzen gegen seine geschlossenen Augen pressend. »Sie wurde dick und fett wie eine richtige hübsche Frau. Und lebhaft dazu. Schwatzhaft wie eine Elster. Hatte zu allem und jedem was Witziges zu sagen – besser als das Radio. Eh ich's mich versehe, bin ich los und pflücke Blumen. Ich zähme ihr eine Krähe und lehre die, ihren Namen zu sagen. Ich habe ihr gezeigt, wie man Gitarre spielt. Ihr Anblick allein trieb mir die Tränen in die Augen. Den Abend, wo ich ihr den Antrag machte, hab' ich geweint wie ein kleines Kind. Sie sagte: ›Warum sollst du denn weinen, Dok? Klar werden wir heiraten. Ich bin doch noch nie verheiratet gewesen.‹ Na, da mußte ich lachen und sie umarmen und an mich drücken: *noch nie verheiratet gewesen!*«

Er lachte vor sich hin, kaute einen Augenblick an seinem Zahnstocher. »Sagen Sie bloß nicht, die Frau wär' nich glücklich gewesen!« fuhr er herausfordernd fort. »Wir beteten sie allesamt an. Sie brauchte nich den Finger zu rühren, außer um Torte zu essen. Um ihr Haar zu kämmen und nach all den Zeitschriften auszuschicken. Wir müssen wohl so für an die hundert Dollar solche Illustrierte ins Haus gekriegt haben. Wenn Sie mich fragen – davon is es gekommen. Beim Anschauen großaufgemachter Bilder. Beim Lesen von Träumen. Das war's, was sie trieb, die Straße zu wandern. Jeden

Tag wanderte sie ein Stück weiter – zwei Kilometer, und kam nach Hause. Drei Kilometer, und kam nach Hause. Eines Tages ging sie dann einfach weiter.« Wieder legte er seine Hände über die Augen; sein Atmen klang unregelmäßig. »Die Krähe, die ich ihr geschenkt hatte, wurde wild und flog davon. Den ganzen Sommer über konnte man sie hören. Im Hof. Im Garten. Im Wald. Den ganzen Sommer lang rief der verdammte Vogel: Lulamae, Lulamae.«

Er verharrte zusammengesunken und schweigend, als lausche er dem längst vergangenen Sommerlaut. Ich nahm unsere Bons zum Kassierer. Während ich zahlte, trat er zu mir. Gemeinsam gingen wir hinaus und wanderten hinüber zur Park Avenue. Es war ein frischer, windiger Abend; elegante Markisen flappten in der Brise. Das Schweigen zwischen uns dauerte an, bis ich sagte: »Aber was war mit ihrem Bruder? Der ging doch nicht fort?«

»Nein, Herr«, sagte er und räusperte sich. »Fred war die ganze Zeit bei uns, bis sie ihn zur Armee holten. Ein prächtiger Bursche. Prächtig mit Pferden. Er wußte nicht, was in Lulamae gefahren war, wie es kam, daß sie ihren Bruder, Mann und Kinder verließ. Nachdem er in der Armee war, begann er indes von ihr zu hören. Neulich schrieb er mir ihre Adresse. Also komme ich, um sie zu holen. Ich weiß, sie möchte nach Hause.« Er schien mich um eine Bestätigung hierzu zu bitten. Ich erklärte ihm, daß ich glaube, er werde Holly – oder Lulamae – etwas verändert finden. »Hören Sie, Sohn«, sagte er, als wir die Eingangsstufen zum Backsteinhaus erreichten, »ich teilte Ihnen mit, daß ich einen Freund brauche. Weil ich sie nicht überraschen möchte. Ihr keinen Schreck einjagen. Drum hab' ich mich zurückgehalten. Seien Sie mein Freund – lassen Sie sie wissen, daß ich dabin.«

Die Vorstellung, Mrs. Goligthly ihren Ehemann anzubringen, hatte ihre befriedigenden Aspekte, und indem ich zu ihren erleuchteten Fenstern aufschaute, hoffte ich ihre Freunde dort oben, denn die Aussicht, zu sehen, wie der Texasmann Mag und Rusty und José die Hand gab, war noch befriedigender. Aber Dok Golightlys stolze ernste Augen und der durchgeschwitzte Hut weckten Scham in mir wegen solcher Vorgefühle. Er folgte mir ins Haus und bereitete sich am Fuße der Treppe zum Warten vor. »Sehe ich ordentlich aus?« flüsterte er, indem er sich die Ärmel abbürstete und den Knoten seiner Krawatte fester anzog.

Holly war allein. Sie kam sofort zur Tür, war sogar eben dabei, auszugehen – weißseidene Tanzpumps und Massen von Parfüm kündeten Gala-Absichten. »Na, Schafskopf«, sagte sie und schlug mich verspielt mit ihrer Abendtasche. »Ich bin zu sehr in Eile, um mich jetzt zu versöhnen. Rauchen wir morgen die Friedenspfeife, okay?«

»Sicher, Lulamae. Wenn Sie morgen noch dasein sollten.«

Sie nahm ihre dunkle Brille ab und sah mich angestrengt blinzelnd an. Es war, als seien ihre Augen in Prismen zerfallen, die Flecken aus Blau, Grau und Grün wie auseinandergebrochene Teilchen des Glanzes. »Er hat Ihnen das erzählt«, sagte sie mit einer sehr kleinen, bebenden Stimme. »O bitte, wo ist er?« Sie rannte an mir vorüber ins Treppenhaus. »Fred!« rief sie hinunter. »Fred! Wo bist du, Liebster?«

Ich konnte Dok Golightlys heraufkommende Schritte auf den Stufen hören. Sein Gesicht tauchte über dem Geländer auf, und Holly wich vor ihm zurück, nicht als sei sie erschrocken, sondern eher als zöge sie sich in eine Hülle der Enttäuschtheit zurück. Dann stand er vor ihr, mit hängenden Ohren und schüchtern. »Ach Gott, Lulamae«, begann er und stockte, denn Holly schaute ihn aus leeren Augen an, als wisse sie nicht recht, wohin mit ihm. »Holla, Süßes«, sagte er, »geben Sie dir hier nichts zu essen? Du bist so klapprig. Ganz wie ich dich kennenlernte. Nur noch Augen.« Holly berührte sein Gesicht, ihre Finger ertasteten die Realität seines Kinns, seiner Bartstoppeln. »Hallo, Dok«, sagte sie sanft und küßte ihn auf die Wange. »Hallo, Dok«, wiederholte sie

glücklich, als er sie in einer rippenzerquetschenden Umarmung in die Luft hob. Lautausbrechendes, befreites Gelächter erschütterte ihn. »Mein Gott, Lulamae. In Ewigkeit Amen.«
Keiner von beiden merkte, daß ich mich an ihnen vorbeidrückte und hinauf in mein Zimmer ging. Ebensowenig schienen sie gewahr zu werden, daß Madame Sapphia Spanella ihre Tür aufgemacht hatte und kreischte: »Ruhe hier draußen! Es ist eine Schande. Sucht euch einen andern Platz für eure Hurerei!«

»*Scheiden* lassen? Natürlich habe ich mich nie von ihm scheiden lassen. Ja um Himmels willen, ich war doch erst vierzehn. Das kann doch nicht gültig gewesen sein.« Holly klopfte an ein leeres Martiniglas. »Noch zwei, mein sehr geliebter Mr. Bell.«
Joe Bell, in dessen Wirtschaft wir saßen, nahm die Bestellung widerwillig entgegen. »Sie schaukeln das Schiff 'n bißchen reichlich früh«, beklagte er sich, auf seiner Magenpille kauend. Zufolge der dunklen Mahagoni-Uhr hinter der Theke war es noch nicht Mittag, und er hatte uns bereits drei Runden vorgesetzt. »Aber es ist doch Sonntag, Mr. Bell. Sonntags gehen die Uhren nach. Außerdem bin ich bisher noch nicht im Bett gewesen«, erklärte sie ihm und gestand mir: »Nicht zum Schlafen.« Sie wurde rot und blickte schuldbewußt zur

Seite. Zum ersten Male, seit ich sie kannte, schien sie das Bedürfnis zu fühlen, sich zu rechtfertigen: »Na ja, ich mußte doch. Dok liebt mich nämlich wirklich. Und ich liebe ihn. Für Sie mag er alt und schäbig ausgesehen haben. Aber Sie wissen eben nicht, wie rührend er ist, wieviel Vertrauen er Vögeln und Kindern und all solch schwachen Geschöpfen einflößt. Jedem, der Ihnen einmal Vertrauen eingeflößt hat, dem schulden Sie eine Menge. Ich habe Dok immer in mein Gebet mit eingeschlossen. Bitte, lassen Sie das dreckige Grinsen!« forderte sie, indem sie ihre Zigarette ausdrückte. »Ich vergesse *nie* zu beten.«

»Ich habe nicht dreckig gegrinst. Ich habe gelächelt. Sie sind eine höchst erstaunliche Person.«

»Ich glaube, das bin ich«, sagte sie, und ihr Gesicht, das im morgendlichen Licht blaß und recht zerschlagen wirkte, strahlte auf; sie strich ihr verwuscheltes Haar glatt, und seine Farben schimmerten wie eine Schampun-Reklame. »Ich muß grausam aussehen. Aber wer würde nicht? Wir sind den Rest der Nacht in einem Busbahnhof herumgezogen. Bis zur allerletzten Minute dachte Dok, ich würde mit ihm kommen. Obwohl ich ihm unentwegt erklärte: ›Aber Dok, ich bin doch nicht mehr vierzehn, und ich bin nicht Lulamae.‹ Aber das Schreckliche ist (und mir wurde es klar, als wir da beisammenstanden): Ich bin es! Noch immer stibitze ich

Puteneier und renne durchs Gestrüpp. Nur sage ich jetzt dazu: Ich habe das rote Grausen.«

Joe Bell setzte voll Verachtung die frischen Martinis vor uns hin.

»Verlieren Sie Ihr Herz niemals an etwas Wildes, Ungezähmtes, Mr. Bell«, riet ihm Holly. »Das war Doks Fehler. Immer brachte er so etwas mit heimgeschleppt. Einen Habicht mit geknicktem Flügel. Einmal eine ausgewachsene Wildkatze mit einem gebrochenen Bein. Aber man soll sein Herz nicht an solch wildes Zeug verlieren – je mehr man das tut, desto stärker werden die. Bis sie stark genug sind, um davonzulaufen, fort in den Wald. Oder auf einen Baum fliegen. Dann einen höheren Baum. Dann den Himmel. So wird's zum Schluß ausgehen, Mr. Bell. Wenn Sie Ihr Herz an solch ein wildes Tier verlieren. Dann schauen Sie nur zum Schluß hinauf in den Himmel.«

»Sie ist betrunken«, belehrte mich Joe Bell.

»Mit Maßen«, gestand Holly. »Aber Dok wußte, was ich meinte. Ich hab' es ihm ganz vorsichtig erklärt, und es war etwas, das er begreifen konnte. Wir haben uns die Hände geschüttelt und einander festgehalten, und er hat mir Glück gewünscht.« Sie blickte auf die Uhr. »Er muß jetzt schon in den Blauen Bergen sein.«

»Wovon redet sie eigentlich?« erkundigte sich Joe Bell bei mir.

Holly hob ihren Martini. »Wollen wir dem Dok auch Glück wünschen«, sagte sie und stieß ihr Glas gegen das meine. »Viel Glück – und glaub mir, geliebter Dok, es ist besser, zum Himmel hinaufzuschauen, als dort zu leben. Welch leerer Fleck, so unbestimmt. Nichts als eine Gegend, wo es donnert und Dinge hineinverschwinden.«

TRAWLER ZUM VIERTENMAL VERHEIRATET. Ich war irgendwo in Brooklyn auf der Untergrundbahn, als ich die Überschrift sah. Die Zeitung, die es mir entgegenschwenkte, gehörte einem anderen Fahrgast. Das einzige Stück Text, das ich erkennen konnte, hieß: *Rutherford »Rusty« Trawler, der bekannte Millionenerbe, dem man verschiedentlich Nazi-Sympathien nachsagt, entführte gestern nach Greenwich die reizvolle* – nicht, daß mir daran gelegen hätte, mehr zu lesen. Holly hatte ihn geheiratet – also schön. Ich wünschte, ich läge unter den Rädern des Zuges. Aber das hatte ich mir schon gewünscht, ehe ich die Überschrift entdeckte. Aus einer Unzahl von Gründen. Holly hatte ich nicht mehr gesehen, nicht richtig, seit unserem trunkenen Sonntag in Joe Bells Wirtschaft. Die dazwischenliegenden Wochen hatten mir meinen eigenen Anfall des roten Grausens verschafft. Erstens einmal war ich aus meiner Stellung geflogen – verdientermaßen und wegen eines amüsanten Vergehens, das allzu kompliziert war, um es hier zu berichten. Zudem bezeigte mein Rekrutenamt ein unbehagliches Interesse, und nachdem ich erst kürzlich dem Reglement einer Kleinstadt entkommen war, brachte mich der Gedanke des Eintritts in eine andere Form strenggeregelten Lebens zur Verzweiflung. Mitten zwischen der Unsicherheit meiner Lage wegen des Eingezogenwerdens und einem Mangel spezifischer Berufserfahrungen schien ich keine neue Stellung finden zu können. Das war's, was ich auf der Untergrund in Brooklyn machte: Ich kam von einer entmutigenden Besprechung mit einem Redakteur der nunmehr verschiedenen Zeitung *PM*. Zusammen mit der Stadthitze des Sommers hatte mich dies alles in einen Zustand nervöser Erschlaffung versetzt. Also meinte ich es gut zur Hälfte ernst, als ich wünschte, unter den Rädern des Zuges zu liegen. Die Überschrift machte das Verlangen danach noch bestimmter. Wenn Holly diesen »absurden Embryo« heiraten konnte, dann mochte die Heerschar des Verkehrten, das in der Welt überhandnahm, von mir aus auch über mich hinwegmarschieren. Oder – und diese Frage liegt auf der Hand – war meine Empörung ein wenig die Auswirkung dessen, daß ich selber in Holly verliebt war? Ein wenig. Denn ich *war* in sie verliebt. Genauso, wie ich früher einmal in die ältliche Negerköchin meiner Mutter verliebt gewesen war und in den Briefträger, der erlaubte, daß ich ihm auf seinen Runden nachlief, und in eine ganze Familie namens McKendrick. Diese Art von Liebe erzeugt auch Eifersucht.

Als ich an meiner Station ankam, kaufte ich eine Zeitung und entdeckte beim Lesen des Satzendes, Rustys Braut sei die *reizvolle Titelblatt-Schönheit aus den Bergen von Arkansas, Miss Margaret Thatcher Fitzhue Wildwood.* Mag! Vor lauter Erleichterung wurden meine Beine so schlapp, daß ich mir für den Rest des Heimwegs eine Taxe nahm.

Madame Sapphia Spanella kam mir im Treppenhaus entgegen, wildblickend und mit gerungenen Händen. »Los«, sagte sie, »und holen Sie die Polizei. Sie bringt irgendwen um! Irgendwer bringt sie um!«

Es klang so. Als ob Tiger loswären in Hollys Wohnung. Ein Krach von splitterndem Glas, ein Poltern und Fallen und umkippende Möbel. Aber man hörte keine streitenden Stimmen in all dem Aufruhr, was ihn unwirklich erscheinen ließ. »Laufen Sie«, schrie Madame Spanella in höchsten Tönen und stieß mich fort. »Sagen Sie der Polizei: ein Mord!«

Ich lief, aber nur hinauf an Hollys Tür. Dagegendonnern hatte ein Resultat: Der Krach ließ nach. Hörte ganz auf. Doch mein Flehen, mich einzulassen, blieb unbeantwortet, und meine Bemühungen, die Tür einzudrücken, kulminierten lediglich in einer zerschundenen Schulter. Dann hörte ich unten Madame Spanella jemand Neuhinzukommenden kommandieren, zur Polizei zu gehen. »Halten Sie den Mund«, wurde ihr erklärt, »und gehen Sie mir aus dem Wege.«

Es war José Ybarra-Jaeger. Keineswegs der elegante brasilianische Diplomat, sondern verschwitzt und voller Angst. Er kommandierte auch mich aus seinem Wege, und indem er seinen Schlüssel benutzte, machte er die Tür auf. »Hier herein, Dr. Goldman«, sagte er und winkte einem Manne, der ihn begleitet hatte.

Da mich niemand abhielt, folgte ich ihnen in die Wohnung, die fürchterlich zusammengeschlagen war. Endlich war der Christbaum abgeputzt, höchst buchstäblich – seine braunen, vertrockneten Zweige streckten sich breit in einem wirren Durcheinander von zerissenen Büchern, zerbrochenen Lampen und Schallplatten. Selbst der Eisschrank war geleert worden, sein Inhalt im Raum verstreut – rohe Eier glitschten die Wände hinunter, und inmitten der Trümmer leckte Hollys namenloser Kater geruhsam eine Milchpfütze auf.

Im Schlafzimmer ließ mich der Geruch zerschmissener Parfümflaschen nach Luft schnappen. Ich trat auf Hollys dunkle Brille, sie lag auf dem Boden, die Gläser bereits zersplittert, das Gestell halb durchgebrochen.

Vielleicht kam es daher, daß Holly, eine starre Gestalt auf dem Bett, José aus so blinden Augen anstarrte, den Doktor nicht zu sehen schien, der, ihren Puls prüfend, beruhigend summte: »Sie sind eine müde junge Dame. Sehr, sehr müde. Sie möchten gern schlafen, nicht wahr? Schlafen.«
Holly rieb sich über die Stirn, was einen verschmierten Blutstreifen aus einem Schnitt im Finger hinterließ. »Schlafen«, sagte sie, wimmernd wie ein übermüdetes, schlechtgelauntes Kind. »Er war der einzige, bei dem ich's konnte. Mich ankuscheln in kalten Nächten. Ich habe einen Platz in Mexiko gesehen. Mit Pferden. Am Meer.«
»Mit Pferden am Meer«, sang der Doktor einschläfernd und wählte eine Spritze aus seiner schwarzen Tasche.
José wandte das Gesicht ab, empfindlich gegen den Anblick der Nadel. »Ihre Krankheit ist nur Trauer?« erkundigte er sich, und sein mühsames Englisch lieh der Frage unbeabsichtigte Ironie. »Sie trauert nur?«
»Na, kein bißchen weh getan, nicht wahr?« wollte der Doktor wissen, während er Hollys Arm selbstzufrieden mit einem Fetzchen Watte abtupfte.
Sie kam so weit zu sich, um den Doktor schärfer ins Auge zu fassen. »*Alles* tut weh. Wo ist meine Brille?« Aber sie brauchte sie nicht mehr. Ihre Lider schlossen sich bereits von selber.

»Das ist nur Trauer?« beharrte José.
»Bitte, Herr« – der Doktor war recht kurz mit ihm –, »wenn Sie mich bitte mit der Patientin allein lassen wollen.«
José zog sich ins Wohnzimmer zurück, wo er seinen Zorn an der spionierenden, auf Zehenspitzen herumschleichenden Gegenwart der Madame Spanella ausließ. »Rühren Sie mich nicht an! Ich rufe die Polizei«, drohte sie, als er sie mit portugiesischen Flüchen zur Tür davontrieb.
Er zog in Betracht, auch mich hinauszuwerfen, so vermutete ich jedenfalls seiner Miene nach. Statt dessen lud er mich jedoch zu einem Drink ein. Die einzige unzerbrochene Flasche, die wir finden konnten, enthielt herben Wermut. »Ich habe eine Sorge«, vertraute er mir an. »Ich habe eine Sorge, daß dies einen Skandal verursachen möchte. Ihr Kaputtschlagen. Sich aufführen wie eine Verrückte. Ich darf keinen Skandal in der Öffentlichkeit haben. Es ist zu prekär – mein Name, meine Arbeit.«
Er schien erfreut, als er vernahm, daß ich keinen Grund für einen »Skandal« erblickte; sein eigenes Besitztum zu zerstören war, vermutlicherweise, Privatsache.
»Es handelt sich ja nur um Betrübtsein«, erklärte er bestimmt. »Als die Trauer kam, wirft sie zunächst das Glas, aus dem sie trank. Die Flasche. Jene Bücher. Eine

Lampe. Dann bekomme ich Angst. Ich eile, einen Doktor zu holen.«

»Aber warum?« wollte ich wissen. »Warum muß sie wegen Rusty einen Tobsuchtsanfall kriegen? Wenn ich sie wäre, würde ich feiern.«

»Rusty?«

Ich trug noch immer die Zeitung bei mir und zeigte ihm die Überschrift.

»Ach das.« Er grinste ziemlich verächtlich. »Sie tun uns einen großen Gefallen, Rusty und Mag. Wir lachen über sie – wie sie denken, sie brechen uns das Herz, wenn wir doch die ganze Zeit nur *wünschten,* daß sie weglaufen möchten. Ich versichere Ihnen, wir haben gelacht, als die Trauer kam.« Seine Blicke durchforschten den auf dem Boden herumliegenden Kram; er hob einen gelben Papierball auf. »Dies«, sagte er.

Es war ein Telegramm aus Tulip, Texas: *Nachricht erhalten Fred drüben im Kampf gefallen stop Dein Mann und Kinder trauern mit um gemeinsamen Verlust stop Brief folgt Gruß Dok.*

Holly erwähnte ihren Bruder niemals wieder – bis auf ein einziges Mal. Darüber hinaus hörte sie auch auf, mich Fred zu nennen. Den Juni, Juli, all die warmen Monate über verkroch sie sich wie ein Tier im Winterschlaf, das nicht wußte, der Frühling sei gekommen und vergangen. Ihr Haar dunkelte nach, sie nahm an Gewicht zu. Sie wurde recht nachlässig in ihrer Kleidung – pflegte zum Kaufmannsladen nebenan im Regenmantel zu sausen mit nichts darunter. José zog in die Wohnung, sein Name ersetzte den von Mag Wildwood am Briefkasten. Dennoch war Holly ziemlich viel allein, denn José hielt sich drei Tage in der Woche in Washington auf. Während seines Fernseins empfing sie niemanden und verließ die Wohnung nur selten – bis auf die Donnerstage, da sie ihren allwöchentlichen Ausflug nach Sing-Sing machte.

Was jedoch nicht inbegriff, daß sie etwa das Interesse am Leben verloren hätte, bei weitem nicht; sie schien zufriedener, durchweg glücklicher, als ich sie je gesehen hatte. Eine heftige und plötzliche Holly-unähnliche Begeisterung für Hauswirtschaft ergab verschiedene Holly-unähnliche Einkäufe: bei einer Parke-Bernet-Auktion erwarb sie einen Jagdgobelin mit einem sich zur Wehr setzenden Hirsch und aus dem Besitz von William Randolph Hearst ein paar düsterstrenge gotische »Lehn«-Stühle; sie kaufte die komplette große Literatur der Modern Library, Fächer voll klassischer Schallplatten, unzählige Reproduktionen aus dem Metropolitan-Museum (wozu auch die Skulptur einer chinesischen Katze zählte, die ihr eigener Kater haßte, anzischte und endlich zerbrach), einen Mixer und einen Dampfkochtopf und eine Bibliothek von Kochbüchern. Sie verbrachte wild herumwirtschaftend ganze Hausfrauennachmittage in der Schwitzkiste ihrer winzigen Küche. »José sagt, ich sei besser als das ›Colony‹. Nein wirklich, wer hätte je geahnt, daß ich eine derartige natürliche Begabung dafür hätte? Noch vor einem Monat konnte ich nicht mal Rühreier.« Und konnte es noch immer nicht, genau genommen. Einfache Gerichte, Steak, ein vernünftiger Salat, gingen über ihre Begriffe. Dafür ernährte sie José und gelegentlich mich mit *outré* Suppen (mit Kognak gewürzte Schildkrötensuppe in Avocado-Schalen gegossen), neronischen Erfindungen (gebratenem Fasan mit Granatäpfeln und Dattelpflaumen gefüllt) und anderen zweifelhaften Neuerungen (Huhn und Safranreis mit Schokoladensoße serviert: »In Indien ein klassisches Gericht, *mein* Lieber!«) Die kriegsbedingte Rationierung von Zucker und Sahne engte ihre Phantasie ein, sobald es sich um Desserts handelte – nichtsdestoweniger brachte sie einmal etwas fertig unter dem Namen Tabak-Tapioka – lieber es nicht beschreiben.

Auch nicht ihre Bemühungen beschreiben, Portugiesisch beherrschen zu lernen, eine harte Prüfung, die für mich ebenso ermüdend war wie für sie, denn wann immer ich sie besuchte, drehte sich ein Album Linguaphonplatten unaufhörlich auf ihrem Apparat. Außerdem sagte sie jetzt auch kaum je einen Satz, der nicht anfing: »Wenn wir erst verheiratet sind –« oder »Wenn wir nach Rio gehen –« Dabei hatte José niemals Heirat erwähnt. Sie gab das zu. »Aber schließlich *weiß* er, daß ich schwangre. Na ja, ich bin, Herzchen. Seit sechs Wochen. Ich sehe nicht ganz, warum Sie das so überrascht. Mich gar nicht. Nicht *un peu* bißchen. Ich bin selig. Ich möchte mindestens neun haben. Ich bin überzeugt, daß ein paar davon ganz dunkel werden – José hat einen Schuß *le nègre,* das haben Sie vermutlich gemerkt, nicht? Was ich persönlich großartig finde – was könnte entzückender sein als so eine Art Negerbaby mit strahlenden grünlichen, wunderschönen Augen? Ich wünschte – bitte lachen Sie nicht, aber ich wünschte, ich wäre für ihn noch Jungfrau gewesen, für José. Nicht daß ich etwa den Unmengen eingeheizt hätte, von denen manche reden – ich mache den Biestern keine Vorwürfe, wenn sie es behaupten, ich habe selber immer solch hektisches Gerede ausgestreut. Dabei habe ich es neulich nachts einmal zusammengezählt, und ich habe in Wirklichkeit nur ganze elf Liebhaber gehabt – ungerechnet alles, was vor dreizehn passiert ist, denn schließlich zählt das doch wirklich nicht. Elf. Macht mich das etwa zu 'ner Hure? Sehen Sie sich da Mag Wildwood an. Oder Honey Tucker. Oder Rose Ellen Ward. Die haben die ewige Klatscherei so oft betrieben, daß man schon Applaus dazu sagen kann. Natürlich habe ich gar nichts gegen Huren. Manche von ihnen mögen eine anständige Zunge haben, aber alle haben sie keinen inneren Anstand. Ich meine, man kann nicht mit einem Kerl bumsen und seinen Scheck kassieren und nicht wenigstens *versuchen* sich einzubilden, daß man ihn liebt. Das habe ich nie gemacht. Selbst bei Benny Shacklett und solchen Widerlingen. Ich habe mich sozusagen selber hypnotisiert zu denken, daß ihre schiere Ekelhaftigkeit einen gewissen Reiz hätte. Tatsächlich ist, außer Dok, wenn Sie Dok überhaupt mitrechnen wollen, José meine erste nicht ekelhafte Liebesgeschichte. Oh, er ist nicht der Inbegriff des absoluten *finito* für mich. Er macht kleine Schwindeleien, und er regt sich auf, was die Leute *denken,* und er badet etwa fünfzigmal am Tag – dabei müssen Männer doch *etwas* riechen. Er ist zu zimperlich, zu vorsichtig, um so recht mein Ideal von Liebhaber zu sein; er dreht sich immer 'rum, wenn er sich auszieht, und er macht zuviel Geräusch beim Essen, und ich mag ihn nicht rennen sehen, weil das irgendwie komisch aussieht, wenn er rennt. Wenn ich so die Wahl hätte unter allem, was da lebt, einfach so mit den Fingern knipsen und sagen könnte: komm her du, da würde ich mir José nicht 'raussuchen. Nehru, der käme eher hin. Wendell Willkie. Entschließen würde ich mich für die Garbo, wann auch immer. Warum nicht? Der Mensch müßte Mann oder Frau heiraten können – passen Sie auf, wenn Sie zu mir kämen und sagten, Sie wollten's mit einem Kriegsschiff treiben, würde ich Ihre Gefühle achten. Nein, im Ernst. Liebe sollte erlaubt sein. Ich bin ganz und gar dafür. Jetzt, da ich so ziemlich eine Ahnung davon habe. Denn ich *liebe* José – ich würde zu rauchen aufhören, wenn er's von mir verlangte. Er ist so nett, er kann mir das rote Grausen weglachen, nur habe ich es gar nicht mehr so viel, höchstens hie und da, und selbst dann ist es nicht derart ekelino, daß ich Seconal schlucken oder mich zu Tiffany hinschleppen muß – ich bringe seinen Anzug zur Reinigung oder fülle Pilze, und schon fühle ich mich fein, einfach großartig. Noch etwas, ich habe meine Horoskope weggeschmissen. Ich muß wohl einen Dollar für jeden gottverdammten Stern in diesem gottverdammten Planetarium ausgegeben haben. Es ist langweilig, aber die Antwort ist, daß einem Gutes nur zustößt, wenn man selber gut ist. Gut? Anständig trifft eher das, was ich meine. Nicht die Anständigkeit vor dem Gesetz – ich würde ein Grab berauben, würde die Vierteldollarstücke von den Augen eines Toten stehlen, wenn ich dächte, mir damit einen vergnügten Tag bereiten zu können – sondern die Anständigkeit vor mir selber. Alles kann man sein, bloß kein Feigling, kein Angeber, rührseliger Schwindler,

Hure – lieber möchte ich Krebs haben als keinen inneren Anstand. Das ist nicht etwa Frömmelei. Einfach praktische Vernunft. Krebs mag einen vielleicht ins Grab bringen, aber das andere ganz sicher. Ach, drehn wir ab, Süßer – geben Sie mir meine Gitarre und ich werde Ihnen eine *fada* im perfektesten Portugiesisch singen.«

Diese letzten Wochen, Endspanne des Sommers und Beginn eines neuen Herbstes, habe ich nur verschwommen in meiner Erinnerung, vielleicht weil unser Verständnis füreinander jene holde Tiefe erreicht hatte, da zwei Menschen sich häufiger im Schweigen als durch Worte mitteilen – eine liebevolle Stille ersetzt die Spannungen, das nicht nachlassende Geplauder und Herumgejage, das die erkennbareren, die, oberflächlich betrachtet, dramatischeren Momente einer Freundschaft hervorbringt. Wenn *er* nicht in der Stadt war (ich hatte eine feindliche Abneigung gegen *ihn* entwickelt und gebrauchte selten seinen Namen), verbrachten wir häufig ganze Abende miteinander, in deren Verlauf wir keine hundert Worte wechselten; einmal wanderten wir den ganzen Weg bis zum Chinesenviertel, aßen *chow-mein* zum Abendbrot, kauften ein paar Papierlaternen und stibitzten eine Schachtel Räucherstäbchen, dann schlenderten wir über die Brooklyn-Brücke, und dort auf der Brücke, als wir die seewärts schwimmenden

Schiffe zwischen den Klippen der erleuchteten Wolkenkratzersilhouette hingleiten sahen, sagte sie: »Heute in Jahren, in vielen, vielen Jahren, wird eines dieser Schiffe mich zurückbringen, mich und meine neun brasilianischen Bälger. Weil, nun ja, weil sie dies eben sehen müssen, diese Lichter, den Fluß – ich liebe New York, auch wenn es nicht in der Weise mein ist, wie etwas sein sollte, ein Baum oder eine Straße oder ein Haus, eben irgend etwas, das mir gehört, weil ich zu ihm gehöre.« Und ich sagte: »Hören Sie auf«, weil ich mich zum Wütendwerden beiseitegelassen fühlte – ein Schlepper im Trockendock, während sie, glitzernder Seefahrer mit sicherem Bestimmungsort, den Hafen hinunterdampfte mit Pfeifen und Tuten und Konfetti in der Luft.

So wirbeln die Tage, diese letzten Tage herum in der Erinnerung, unscharf, herbstlich, einander gleich, wie Blätter – bis zu einem Tage, anders als irgendeiner, den ich je erlebte.

Zufällig fiel er auf den dreißigsten September, meinen Geburtstag, eine Tatsache, die keinen Einfluß auf die Ereignisse hatte, es sei denn, daß ich, in der Annahme irgendeiner Form geldlichen Gedenkens von seiten meiner Familie, dem Morgenbesuch des Briefträgers begierig entgegensah. Ja, ich ging sogar tatsächlich hinunter, um ihn zu erwarten. Hätte ich mich nicht im Hauseingang herumgetrieben, würde Holly mich nicht zum Reiten aufgefordert haben und würde infolgedessen auch keine Gelegenheit gehabt haben, mir das Leben zu retten.

»Los«, sagte sie, als sie mich auf den Briefträger warten fand. »Bewegen wir doch eben ein paar Pferde drüben im Park.« Sie trug eine Windjacke, Bluejeans und Tennisschuhe. Sie schlug sich auf den Bauch, um mich auf seine Flachheit aufmerksam zu machen: »Denken Sie nicht etwa, ich sei darauf aus, den Stammhalter zu verlieren. Aber es ist da ein Pferd, meine geliebte alte Mabel Minerva – ich kann nicht fort, ohne von Mabel Minerva Abschied genommen zu haben.«

»Abschied?«

»Samstag in einer Woche. José hat die Karten gekauft.«

Wie in einer Art Trancezustand ließ ich mich von ihr auf die Straße nehmen. »In Miami wechseln wir das Flugzeug. Dann über das Meer. Über die Anden. Taxi!«

Über die Anden. Als wir im Wagen zum Central Park hinüberfuhren, schien mir, als ob auch ich flöge, verlassen dahinglitte über Schneegipfel und gefahrdrohendes Gebiet.

»Aber das dürfen Sie nicht. Wozu denn schließlich. Ja, wozu. Nein, Sie können doch nicht *wirklich* davonlaufen und alle hier verlassen.«

»Ich glaube nicht, daß mich irgendwer vermißt. Ich habe keine Freunde. »

»Aber *ich* werde Sie vermissen. Joe Bell ebenso. Und – ach, Tausende. Wie Sally. Der arme Mr. Tomato.«
»Ich hatte den guten Sally gern«, sagte sie und seufzte. »Wissen Sie, daß ich ihn schon seit einem Monat nicht mehr gesehen habe? Als ich ihm erzählte, daß ich fortgehen würde, war er ein Engel. *Tatsächlich*« – sie zog die Brauen zusammen –, »schien er sogar *entzückt,* daß ich außer Landes ginge. Er meinte, es sei so am allerbesten. Weil es früher oder später Schwierigkeiten geben könnte. Wenn sie herausfänden, daß ich nicht wirklich seine Nichte sei. Der fette Anwalt, O'Shaugnessy, also dieser O'Shaugnessy schickte mir fünfhundert Dollar. Bar. Als Hochzeitsgeschenk von Sally.«
Ich wollte unnett sein. »Sie können auch von mir ein Geschenk erwarten. Wenn und falls die Heirat stattfindet.«
Sie lachte. »Er wird mich schon ganz richtig heiraten. In der Kirche. Und im Beisein seiner Familie. Deswegen warten wir ja, bis wir in Rio sind.«
»Weiß er, daß Sie bereits verheiratet sind?«
»Was ist denn mit Ihnen los? Wollen Sie uns den Tag verderben? Es ist ein so schöner Tag – lassen Sie also die Geschichte!«
»Aber es ist doch sehr gut möglich –«
»Es ist *nicht* möglich. Ich habe Ihnen erklärt, daß es nicht gesetzlich gültig war. Das *kann* es nicht sein.« Sie

rieb sich die Nase und blickte mich aus den Augenwinkeln an. »Lassen Sie das einer lebenden Seele gegenüber verlauten, Herzchen. Ich hänge Sie an den Zehen auf und schlachte Sie ab wie ein Schwein.«

Die Stallungen – ich glaube, sie sind von Fernsehstudios abgelöst worden – befanden sich West Sechsundsechzigste Straße. Holly wählte für mich eine alte, schwarzweiße Stute mit Senkrücken: »Keine Angst, die ist besser als eine Wiege.« Was in meinem Falle eine notwendige Garantie darstellte, denn Zehn-Cent-Ponyreiten auf Rummelplätzen meiner Kindheit waren das äußerste meiner reiterlichen Erfahrung. Holly half mich in den Sattel hieven und bestieg dann ihr eigenes Pferd, ein silbriges Tier, das sich an die Spitze setzte, als wir durch den Verkehr bei Central Park West dahin trotteten und in einen mit Laub gesprenkelten Reitweg einbogen, das von aufblätternden Windstößen herumgewirbelt wurde.

»Sehen Sie?« rief sie. »Es ist doch herrlich!«

Und auf einmal war es das. Auf einmal – als ich die durcheinandergeratenen Farben von Hollys Haar im rotgoldenen Laubschimmer aufblitzen sah, liebte ich sie genug, um mich zu vergessen, meine selbstbemitleidenden Verzweiflungen, und zufrieden zu sein, daß etwas, das sie als Glück empfand, geschah. Sehr ruhig begannen die Pferde zu traben, Windwogen spritzten uns entgegen, schlugen uns ins Gesicht, wir tauchten in Sonnen- und Schattentümpel ein und wieder aus ihnen auf, und Freude, eine Glückseligkeit zu leben, durchschüttelte mich wie ein Schnapsglas voll Explosivstoff. Das war in der einen Minute. Die nächste brachte Posse in scheußlicher Maske.

Denn unversehens, wie Wilde bei einem Überfall im Dschungel, sprang eine Bande Negerjungen aus dem Gebüsch am Wegrand. Unter Heulen und Fluchen warfen sie Steine und peitschten mit Ruten nach den Leibern der Pferde.

Meines, die schwarzweiße Stute, stieg auf der Hinterhand, wieherte, machte ein paar unsichere Schritte wie ein Seiltänzer und preschte dann wie ein geölter Blitz den Weg hinunter, wobei meine Füße aus den Bügeln geschleudert wurden und ich kaum noch Halt hatte. Ihre Hufe ließen den harten Kies Funken sprühen. Der Himmel lag schief. Bäume, ein Teich mit Segelschiffchen kleiner Jungen, Denkmäler glitten holterdipolter vorüber. Kindermädchen stürzten daher, um ihre Schutzbefohlenen vor unserem furchteinjagenden Nahen zu retten; Menschen, Nichtstuer und andere, schrien gellend: »Zügel anziehen!« und »Brr, mein Junge, brr!« und »Abspringen!« Erst später erinnerte ich mich dieser Rufe; im Augenblick erfaßte ich einfach nur Holly, das Cowboygeklapper ihres Hinter-mir-her-

Galoppierens, ohne mich je ganz einzuholen und wieder und wieder ihre mutmachenden Zurufe. Vorwärts und weiter: quer durch den Park und hinaus auf die Fifth Avenue – in wilder Flucht gegen den mittäglichen Verkehr, Autos, Busse, die kreischend im Bogen auswichen. Vorüber am Duke-Palais, dem Frick-Museum, vorüber am Pierre- und am Plaza-Hotel. Aber Holly gewann Boden, überdies hatte ein berittener Polizist sich der Jagd angeschlossen – jeder von einer Seite meine durchgegangene Stute zwischen sich nehmend, vollführten ihre Pferde eine Zangenbewegung, die diese zu dampfablassendem Halt brachte. Und da endlich geschah es, daß ich von ihrem Rücken fiel. Herunterfiel und mich aufklaubte und dastand, ganz und gar nicht klar darüber, wo ich mich befand. Eine Menschenmenge sammelte sich. Der Polizist schimpfte und schrieb in ein Buch – auf einmal war er höchst mitfühlend, grinste und sagte, er werde dafür sorgen, daß unsere Pferde in den Stall zurückkämen. Holly nahm für uns eine Taxe. »Herzchen. Wie fühlen Sie sich.«
»Großartig.«
»Aber Sie haben doch gar keinen Puls«, sagte sie, indem sie mein Handgelenk fühlte.
»Dann muß ich tot sein.«
»Nein, Schafskopf. Das ist ernsthaft. Sehen Sie mich an.«

Das Schwierige war, daß ich sie nicht sehen konnte; vielmehr sah ich mehrere Hollys, ein Trio schweißbedeckter Gesichter, so blaß vor Mitgefühl, daß ich gleichzeitig gerührt und verlegen war. »Ehrlich: ich spüre gar nichts. Ich schäme mich bloß.«
»Bitte. Sind Sie auch ganz sicher? Sagen Sie mir die Wahrheit. Sie hätten dabei umkommen können.«
»Bin ich aber nicht. Und ich danke Ihnen. Daß Sie mir's Leben gerettet haben. Sie sind wunderbar. Einzig. Ich liebe Sie.«
»Idiot.« Sie küßte mich auf die Wange. Dann waren da vier Hollys, und ich fiel unversehens in Ohnmacht.

An jenem Abend waren Bilder von Holly auf den Titelseiten der Spätausgabe des *Journal-American* und der ersten Morgenausgaben sowohl der *Daily News* wie des *Daily Mirror.* Diese Publizität hatte nichts mit durchgegangenen Pferden zu tun. Sie betraf eine völlig andere Angelegenheit, wie die Überschriften verrieten: LEBEDAME IN RAUSCHGIFTSKANDAL VERHAFTET *(Journal-American),* VERHAFTUNG DROGENSCHIEBENDER SCHAUSPIELERIN *(Daily News),* NARKOTIKASCHMUGGEL AUFGEDECKT MAGAZIN-SCHÖNHEIT FESTGENOMMEN *(Daily Mirror).* Von dem ganzen Packen brachten die *News* das eindrucksvollste Bild: Holly beim Betreten der Polizeiwache, eingekeilt zwischen zwei muskulösen Detektiven, einem männlichen und einem weiblichen. In dieser elenden Zusammenstellung deutete sogar ihre Kleidung (sie trug noch immer ihre Reitsachen, Windjacke und Bluejeans) auf die brutale Gangsterbraut hin – ein Eindruck, den die dunkle Brille, zerzauste Frisur und eine von verkniffenen Lippen niederbaumelnde Picayune-Zigarette nicht gerade minderten. In der Unterschrift las man: *Zwanzigjährige Holly Golightly, bezauberndes Starlet und zu Hause in der eleganten Lebewelt, bekennt sich als Schlüsselfigur internationalen Rauschgiftschmuggels im Zusammenhang mit Gangster Salvatore »Sally« Tomato. Hier wird sie von den Detektiven Patrick Conner und Sheilah Fezzonetti (l. und r.) in die Polizeiwache an der Siebenundsechzigsten Straße gebracht. Bericht siehe S. 3.* Der Bericht mit der großaufgemachten Fotografie eines Mannes, bezeichnet als Oliver »Pater« O'Shaughnessy (der sein Gesicht hinter einem Filzhut verbarg), ging über drei Spalten. Leicht zusammengefaßt sind hier die wesentlichsten Absätze: *Angehörige der eleganten Lebewelt waren fassungslos über die Verhaftung der blendenden Holly Golightly, zwanzigjährigem Hollywood-Starlet und weitbekannt in mondänen New Yorker Kreisen. Zur gleichen Zeit, zwei Uhr mittags, faßte die Polizei Oliver O'Shaughnessy, 52, wohnhaft Strandhotel, West, Neunundvierzigste Straße, als er eben auf der Madison Avenue ein*

Speiselokal verließ. Wie District Attorney Frank L. Donovan erklärt, sollen die beiden eine wichtige Rolle in einem internationalen Rauschgiftschmuggelring spielen, der von dem berüchtigten Mafia-Führer Salvatore »Sally« Tomato beherrscht wird, der zur Zeit in Sing-Sing die ihm aufgebrummten fünf Jahre wegen einer politischen Bestechungsaffäre absitzt … O'Shaughnessy, ein seiner Würden entkleideter Priester, der verschiedentlich in Verbrecherkreisen als »Pater« oder »il Padre« bekannt ist, hat eine Liste von Gefängnisstrafen hinter sich, die bis ins Jahr 1934 zurückreicht, als er zwei Jahre absitzen mußte, weil er auf Rhode Island eine Schwindel-Klinik für Geisteskranke betrieben hatte, »Die Mönchsklause«. Miss Golightly, die noch nicht vorbestraft ist, wurde in ihrem Luxusapartment in der elegantesten Gegend verhaftet … Obgleich bisher noch keine offizielle Verlautbarung herausgegeben wurde, wird doch schon von verläßlicher Quelle behauptet, daß die blonde, bildhübsche Schauspielerin, bis vor kurzem noch ständige Begleiterin des Multimillionärs Rutherford Trawler, als »Verbindungsmann« zwischen dem eingesperrten Tomato und seinem ersten Offizier O'Shaughnessy fungiert habe … Als angebliche Verwandte Tomatos soll Miss Golightly wöchentlich Sing-Sing einen Besuch abgestattet und bei diesen Gelegenheiten von Tomato in verschlüsselten Worten Botschaften erhalten haben, die sie dann O'Shaughnessy übermittelte. Dank dieser Verbindung gelang es Tomato, der angeblich 1874 in Cefalu auf Sizilien geboren sein soll, persönliche

Kontrolle über seinen sich über die ganze Welt erstreckenden Rauschgiftkonzern zu behalten, dessen Zweigniederlassungen sich in Mexiko, Kuba, Sizilien, Tanger, Teheran und Dakar befinden. Jedoch lehnte die amtliche Stelle bisher ab, Einzelheiten zu diesen Behauptungen zu geben oder sie zu bestätigen: … Auf den Tip hin hatte sich eine große Anzahl Reporter an der Polizeiwache eingefunden, als das angeklagte Paar zur Vernehmung eingeliefert wurde. O'Shaughnessy, ein kompakter rothaariger Mensch, verweigerte Auskünfte und trat einen Kameramann in die Weichen. Miss Golightly jedoch, eine grazile Augenweide ungeachtet ihres Straßenjungenaufzugs in Hosen und Lederjacke, wirkte verhältnismäßig unbekümmert. »Fragen Sie mich gar nicht erst, was zum Teufel das Ganze soll«, erklärte sie den Reportern. »Parceque je ne sais pas, mes chers. (Weil ich es nicht weiß, meine Lieben.) Ja – ich habe Sally Tomato besucht. Ich bin regelmäßig jede Woche einmal hingegangen, um ihn zu sehen. Was ist daran Schlimmes? Er glaubt an Gott und ich genauso« … Dann unter dem Zwischentitel GIBT EIGENE RAUSCHSUCHT ZU: *Miss Golightly lächelte, als einer der Reporter fragte, ob sie selbst rauschgiftsüchtig sei. »Ich habe mal einen kleinen Anfall von Marihuana gehabt. Das ist nicht halb so schädlich wie Kognak. Und billiger obendrein. Unglücklicherweise ist mir Kognak lieber. Nein, Mr. Tomato hat mir gegenüber niemals etwas von Rauschgift erwähnt. Es macht mich ganz wütend, wie diese gräßlichen Menschen dauernd auf ihm herumhacken.*

Er ist ein empfindsamer und frommer Mensch. Ein lieber alter Mann.«

Ein besonders grober Irrtum war da in diesem Bericht: Sie wurde nicht in ihrem »Luxusapartment« verhaftet. Es fand dies in meinem eigenen Badezimmer statt. Ich war dabei, meine Reiterschmerzen in einer Wanne voll brühheißem, mit Epsomsalz vermischtem Wasser einzuweichen, während Holly, als hilfreiche Krankenschwester, auf dem Rand der Wanne saß und wartete, um mich mit Sloan's Liniment einzureiben und ins Bett zu packen. Da klopfte es an der Vordertür. Da sie nicht abgeschlossen war, rief Holly Herein. Herein kam Madame Spanella, gefolgt von einem Paar Kriminalbeamten in Zivil, einer davon eine Frau mit dicken gelbblonden, um den Kopf geschlungenen Zöpfen.

»*Da* ist sie – die Gesuchte!« dröhnte Madame Spanella, indem sie in das Badezimmer eindrang und mit dem Finger erst auf Holly, dann auf meine Blöße deutete. »Sehen Sie. Was für eine Hure die ist.« Der männliche Beamte schien in Verlegenheit gesetzt – von Madame Spanella und von der Situation; doch ein grimmiges Vergnügen spannte die Züge seiner Gefährtin – sie haute Holly ihre Hand auf die Schulter und sagte mit überraschender Kinderstimme: »Los, Mädchen. Jetzt geht's aber wohin.« Worauf Holly frech erklärte: »Weg mit den Stallmagdpfoten, schwules Balg.« Was die

Dame erheblich außer sich brachte – sie knallte Holly verdammt scharf eine 'runter. So scharf, daß es ihr den Kopf herumriß und die Flasche mit dem Liniment, ihr aus der Hand geschleudert, auf dem Fliesenboden in tausend Stücke sprang – während ich, aus der Wanne krabbelnd, um den Tumult noch reicher zu gestalten, darauftrat und mir fast beide großen Zehen abgeschnitten hätte. Nackt und blutend, eine Wegspur blutiger Fußabdrücke hinterlassend, folgte ich der Amtshandlung bis ins Treppenhaus. »Denken Sie dran«, gelang es Holly mich noch zu instruieren, als die Detektive sie die Treppe hinuntertrieben, »füttern Sie bitte den Kater.«

Selbstverständlich glaubte ich Madame Spanella daran schuldig – sie hatte verschiedentlich die Polizei gerufen, um sich über Holly zu beklagen. Es war mir nicht eingefallen, daß diese Angelegenheit fürchterliche Ausmaße annehmen könnte, bis zum gleichen Abend, als Joe Bell auftauchte und die Zeitungen schwenkte. Er war viel zu aufgeregt, um vernünftig reden zu können, er rannte wie betrunken im Zimmer herum und schlug die Fäuste gegeneinander, während ich die Berichte las. Dann sagte er: »Glauben Sie, daß das stimmt? War sie in diese lausige Geschichte verwickelt?«
»Nun: ja.«

Er schleuderte sich eine Magenpille in den Mund und kaute, mich wild anfunkelnd, darauflos, als zermalme er meine Knochen. »Junge, das ist grundschlecht. Und Sie wollen ihr Freund sein. So ein Lump!«
»Einen Moment mal. Ich habe nicht gesagt, daß sie mit vollem Wissen hineinverwickelt war. Das nicht. Aber nun ja, getan hat sie es. Botschaften übermittelt und was nicht alles.«
Er sagte: »Sie nehmen das reichlich ruhig, scheint mir? Mein Gott nochmal, sie kann da zehn Jahre kriegen. Oder mehr.« Er riß mir heftig die Zeitungen aus der Hand. »Sie kennen ihre Freunde. Diese reichen Kerle. Kommen Sie mit herunter ins Lokal. Wir werden 'rumtelefonieren. Unser Mädchen wird erstklassigere Winkeladvokaten brauchen, als ich mir leisten kann.«
Ich war zu wund und zerschlagen, um mich selber anziehen zu können. Joe Bell mußte helfen. Wieder in seiner Wirtschaft, stellte er mich abgestützt gegen die Telefonzellenwand, mit einem dreistöckigen Martini und einem Schnapsglas voll Münzen. Aber ich konnte mich nicht besinnen, mit wem ich Verbindung aufnehmen sollte. José war in Washington, und ich hatte keine Ahnung, wo ich ihn dort erreichen konnte. Rusty Trawler? Nicht diesen Widerling! Nur – was kannte ich sonst für Freunde von ihr? Wahrscheinlich hatte sie recht gehabt, als sie sagte, sie habe keine, keine wirklichen.

Ich bekam Verbindung mit Crestview 5-6958 in Beverly Hills, einer Nummer, die mir vom Fernamt für O. J. Berman angegeben worden war. Die Person, die sich meldete, sagte, daß Mr. Berman eben seine Massage habe und nicht gestört werden könne – bedaure, versuchen Sie's später nochmal. Joe Bell war entrüstet – erklärte mir, ich hätte sagen sollen, es ginge um Leben und Tod – und er bestand darauf, daß ich Rusty versuchen müsse. Zuerst sprach ich Mr. Trawlers Butler – Mr. und Mrs. Trawler seien bei Tisch, meldete er, und ob er etwas bestellen könne? Joe Bell brüllte in den Hörer: »Herr, das ist dringend. Leben und Tod.« Das Resultat war, daß ich mich im Gespräch – im Zuhören, eher – mit der einstigen Mag Wildwood fand: »Seid Ihr besoffen?« erkundigte sie sich. »Mein Mann und ich werden positiv *jeden* vor Gericht bringen, der nur versucht, unsere Namen mit diesem v-v-verkommenen und abstoßenden M-M-Mädchen in Verbindung zu bringen. Ich habe *immer* gewußt, daß sie eine Nu-nu-nutte war mit nicht so viel Anstand wie 'ne läufige Hündin. Ins Gefängnis, da gehört die hin. Und mein Mann denkt tausend Prozent genauso wie ich. Positiv *jeden* werden wir vor Gericht bringen, der –« Während ich aufhängte, fiel mir der alte Dok unten in Tulip, Texas, ein; aber nein, Holly würde es nicht recht sein, wenn ich ihn anrief, sie würde mich glatt umbringen.

Ich versuchte es wieder mit Kalifornien; die Leitungen waren besetzt, blieben besetzt, und bis O. J. Berman in der Leitung war, hatte ich derart viele Martinis gekippt, daß er mir erzählen mußte, warum ich bei ihm anrief: »Wegen der Kleinen, was? Ich weiß schon. Ich habe schon mit Iggy Feitelstein gesprochen. Iggy ist der beste Rechtsverdreher von New York. Ich habe gesagt, Iggy, Sie kümmern sich drum, schicken Sie mir die Rechnung, nur halten Sie meinen Namen 'raus aus der Sache, verstanden? Na ja, ich bin das der Kleinen schuldig. Nicht daß ich ihr wirklich was schuldig wäre, wenn man's genau nimmt. Sie ist verrückt. Übergeschnappt. Aber eben richtig übergeschnappt, Sie verstehen? Na, wie dem auch sei, sie halten sie nur gegen zehntausend Kaution. Keine Angst, Iggy schnipst sie noch heute abend 'raus – sollte mich nicht wundern, wenn sie schon zu Hause ist.«

Aber sie war es nicht; auch nicht inzwischen gekommen, als ich am nächsten Morgen hinunterging, um den Kater zu füttern. Da ich keinen Schlüssel zur Wohnung hatte, benutzte ich die Feuertreppe und fand Eingang durch das Fenster. Der Kater war im Schlafzimmer und nicht allein – ein Mann war da, über einen Koffer gebückt. Wir beide, jeder den andern für einen Einbrecher haltend, wechselten ungemütlich scharfe Blicke, als ich durch das Fenster hereintrat. Er hatte ein nettes Gesicht, lackierte Haare und sah José ähnlich; überdies enthielt der Koffer, den er gepackt hatte, die Garderobe, die José bei Holly aufbewahrte, die Schuhe und Anzüge, um die sie immer solch ein Wesen gemacht, sie fortwährend zum Reparieren und Reinigen geschleppt hatte. Und ich sagte, sicher, daß es so sei: »Hat Mr. Ybarra-Jaeger Sie geschickt?«

»Ich bin der Vetter«, sagte er mit einem vorsichtigen Grinsen und eben durchzuhörendem Akzent.

»Wo ist José?«

Er wiederholte die Frage, als gelte es, sie in eine andere Sprache zu übersetzen. »Ah, wo ist sie! Sie warten«, sagte er, und indem er mich damit abzufertigen schien, nahm er seine Kammerdienertätigkeit wieder auf.

So – der Diplomat beabsichtigte sich zu drücken. Nun, ich war nicht erstaunt oder im geringsten betrübt. Immerhin, welch gefühlsroher Trick: »Ausgepeitscht sollte er werden.«

Der Vetter lachte albern; ich bin sicher, daß er verstand. Er schloß den Koffer und brachte einen Brief zum Vorschein. »Mein Vetter, sie bitten mich, dies dalassen für seine Freundin. Wollen Sie Gefallen tun?«

Auf dem Umschlag stand gekritzelt: »Für Miss H. Golightly – Durch Boten.«

Ich setzte mich auf Hollys Bett nieder und drückte Hol-

lys Kater an mich, und es tat mir für Holly so bis in alle Fasern leid, wie sie sich selber nur leid tun konnte.
»Ja, ich werde Gefallen tun.«

Und ich tat es – ohne es mir im geringsten zu wünschen. Aber ich hatte nicht den Mut, den Brief zu vernichten, oder die Willenskraft, ihn in der Tasche zu behalten, als Holly ganz vorsichtig vorfühlend sich erkundigte, ob ich, ganz zufällig vielleicht, Nachricht von José hätte. Es war zwei Morgen später, ich saß neben ihrem Bett in einem Raum, der penetrant nach Jod und Bettpfannen roch, einem Krankenhauszimmer. Dort war sie seit dem Abend ihrer Verhaftung gewesen. »Tja, Herzchen«, begrüßte sie mich, als ich mich ihr auf Zehenspitzen näherte, in der Hand einen Karton Picayune-Zigaretten und einen radrunden Strauß Herbstveilchen, »ich habe den Stammhalter verloren.« Sie sah aus wie noch nicht ganz zwölf – ihr blaßvanillefarbenes Haar zurückgekämmt, ihre Augen, ausnahmsweise ohne die dunkle Brille, klar wie Regenwasser – man konnte nicht glauben, wie krank sie gewesen war.
Dennoch stimmte es. »Jesus, beinah wär ich draufgegangen. Das ist kein Unsinn, das fette Weib hätte mich beinah gekriegt. Sie hat einen tollen Wirbel angestellt. Vermutlich werde ich noch gar nicht Zeit gehabt ha-

ben, Ihnen von dem fetten Weib zu erzählen. Weil ich ja selber von ihr noch nichts wußte, bis mein Bruder starb. Vom ersten Augenblick an überlegte ich, wo er hin sein könnte, was es zu bedeuten hätte, Freds Sterben, und dann sah ich sie, sie war mit mir da im Zimmer, und sie hatte Fred eingewiegt in ihren Armen, ein fettes ekelhaft gemeines Weibsbild schaukelt sich im Schaukelstuhl mit Fred auf dem Schoß und eine Lache dazu wie Blechmusik. Dieser Hohn! Aber das ist alles, was uns erwartet, mein Junge – diese Komödiantin, die uns 'rumschunkeln will. Verstehen Sie nun, warum ich verrückt geworden bin und alles kaputtgemacht habe?«
Außer dem Anwalt, den O. J. Berman genommen hatte, war ich der einzige Besuch, der ihr erlaubt worden war. Sie teilte das Zimmer mit anderen Patientinnen, einem Trio drillingähnlicher Damen, die, während sie mich mit einem nicht unfreundlichen, aber umfassenden Interesse musterten, in geflüstertem Italienisch Betrachtungen anstellten. Holly erklärte das: »Die denken, Sie seien mein Fehltritt, Herzchen. Der Kerl, der mir das angetan hat«, und auf den Vorschlag hin, dies klarzustellen, erwiderte sie: »Kann ich nicht. Sie sprechen kein Englisch. Außerdem denke ich nicht daran, ihnen den Spaß zu verderben.« Und hier war es nun, daß sie nach José fragte.

Im Moment, als sie den Brief sah, kniff sie die Augen zusammen und bog die Lippen zu einem kaum merkbaren harten Lächeln, das ihrem Alter nicht abzumessende Jahre hinzufügte. »Herzchen«, wies sie mich an, »würden Sie mal dort in die Schublade 'reingreifen und mir meine Tasche geben. Etwas Derartiges liest ein Mädchen nicht unzurechtgemacht.«
Geleitet vom Spiegel in ihrem Necessaire, puderte und malte sie sich jede Spur einer Zwölfjährigen aus dem Gesicht. Sie formte ihre Lippen mit einem Stift, färbte ihre Wangen mit einem andern. Sie zog die Ränder ihrer Augen nach, legte Blau auf die Lider, übersprühte sich den Hals mit 4711; befestigte Perlen an ihren Ohren und setzte sich ihre dunkle Brille auf. Also gewappnet und nach einem mißfälligen Überprüfen des schäbigen Zustands ihrer Maniküre, riß sie den Brief auf und ließ ihre Blicke darüber hineilen, während ihr winziges steinernes Lächeln noch winziger und härter wurde. Schließlich bat sie mich um eine Picayune. Nahm einen Zug: »Schmeckt mies. Aber himmlisch«, sagte sie und, indem sie mir den Brief zuwarf: »Kommt Ihnen möglicherweise gut zupaß – wenn Sie je über einen Schuft schreiben wollen. Und nur nicht egoistisch sein: lesen Sie's laut. Ich möchte es selber gern hören.«
Es fing an: »Mein liebstes Mädelchen –«

Gleich unterbrach Holly. Sie wollte wissen, was ich über die Handschrift dächte. Ich dachte nichts – eine enge, höchst lesbare, unauffällige Schrift. »Das ist er bis aufs I-Tüpfelchen. Zugeknöpft und verstopft«, erklärte sie. »Weiter.«
»Mein liebstes Mädelchen, ich habe dich geliebt im Bewußtsein, daß du nicht wie andere warst. Aber mache dir einen Begriff von meiner Verzweiflung, da ich in derart brutaler und öffentlicher Form entdecken muß, wie sehr verschieden du von jener Art Frauen bist, die ein Mann meines Glaubens und Berufes zu seinem Weibe zu machen hoffen dürfte. Ich gräme mich fürwahr wegen der Schande deiner derzeitigen Umstände, und ich finde in meinem Herzen keine Verurteilung, die ich der Verurteilung hinzufügen könnte, die dich umgibt. So hoffe ich denn, du findest es nicht in deinem Herzen, mich zu verurteilen. Ich habe meine Familie zu schützen und meinen Namen, und ich bin ein Feigling, wenn es um diese Institutionen geht. Vergiß mich, du schönes Kind. Ich bin nicht mehr hier. Ich bin nach Hause. Möge Gott jedoch stets mit dir und deinem Kinde sein. Möge Gott nicht sein wie – José.«
»Na?«
»In gewisser Weise klingt das ganz ehrlich. Und sogar beinahe rührend.«

»*Rührend?* Dieser schäbige Wicht!«
»Aber schließlich sagt er ja, er wäre ein Feigling; und von seinem Standpunkt aus müssen Sie doch einsehen –«
Indessen wollte Holly nicht zugeben, daß sie einsah; ihr Gesicht jedoch gestand es zu, ungeachtet seiner kosmetischen Maske. »Na schön, er ist also nicht ohne Grund ein Schuft. Ein überlebensgroßer King-Kong-Schuft wie Rusty. Oder Benny Shacklett. Aber ach, lieber Gott, verflucht nochmal«, sagte sie und preßte sich die Faust in den Mund wie ein jammerndes Baby, »ich hatte ihn doch lieb. Den Schuft.«
Das italienische Trio vermutete eine Liebeskrise, und indem sie die Schuld an Hollys Stöhnen dort suchten, wo sie ihrer Meinung nach hingehörte, klickten sie vorwurfsvoll ihre Zungen über mich. Ich war geschmeichelt – stolz, daß irgend jemand denken konnte, Holly mache sich was aus mir. Sie wurde ruhiger, als ich ihr eine zweite Zigarette anbot. Sie schluckte und sagte: »Schönsten Dank, Junge. Und Dank vor allem, daß Sie solch ein schlechter Reiter sind. Wenn ich nicht Heilsarmee hätte spielen müssen, stände mir noch der Fraß in einem Heim für ledige Mütter bevor. Sportliche Überanstrengung, das schaffte die Geschichte. Aber ich habe *la merde* in dem ganzen Blechmarkenladen alarmiert, weil ich behauptet habe, es sei wegen Miss

Schwulibu, die mich gehauen hat. Ja, ja, mein Lieber, ich kann die schon wegen allerlei belangen, einschließlich der unrechtmäßigen Verhaftung.«
Bis dahin hatten wir die Erwähnung ihrer unheildrohenden Kümmernisse umgangen, und diese scherzend hingeworfene Bemerkung wirkte erschreckend, erschütternd, so deutlich enthüllte sie, wie unfähig sie war, die rauhe Wirklichkeit vor sich zu erkennen. »Hören Sie, Holly«, sagte ich und dachte: sei stark, gereift, ein Onkel. »Hören Sie, Holly. Wir können das nicht als Witz behandeln. Wir müssen Wege suchen.«
»Sie sind zu jung, um sich derart aufzuplustern. Noch viel zu klein. Übrigens: was geht Sie's an?«
»Nichts. Außer daß ich Ihr Freund und in Sorge bin. Ich möchte wissen, was Sie vorhaben.«
Sie rieb sich die Nase und konzentrierte ihren Blick auf die Decke. »Heute ist Mittwoch, nicht wahr? Also gedenke ich erst mal bis zum Samstag zu schlafen, so ein richtiges gutes Ausgeschlafe. Samstag früh enthopse ich hier, heraus zur Bank. Dann gehe ich kurz in der Wohnung vorbei und hole mir ein, zwei Nachthemden und mein Mainbochermodell. Daraufhin werde ich mich in Idlewild melden, wo, wie Sie ja verdammt gut wissen, ein außerordentlich prächtiger Platz in einem außerordentlich prächtigen Flugzeug für mich reserviert ist. Und da Sie ja nun solch ein Freund sind, erlau-

be ich Ihnen, Abschied zu winken. *Bitte* hören Sie auf mit dem Kopfschütteln.«

»Holly. Holly. Das können Sie nicht machen.«

»*Et pourquoi pas?* Ich will nicht etwa José nachrennen, falls Sie das annehmen sollten. Meiner Einwohnermeldeliste nach ist der ein für allemal in der Hölle beheimatet. Nur: warum sollte ich ein so außerordentlich prächtiges Flugbillet verfallen lassen? Wo es bereits bezahlt ist? Außerdem bin ich noch nie in Brasilien gewesen.«

»Was für Medikamente haben die Ihnen hier eigentlich eingegeben? Sind Sie sich denn nicht klar darüber, daß Sie unter Strafanklage stehen? Wenn Sie geklappt werden beim Ausbüchsen, schmeißen die endgültig ihren Zellenschlüssel weg. Selbst wenn Sie es schaffen würden, könnten Sie doch niemals wieder nach Hause kommen.«

»Schön und gut, gestrenge Mutterbrust. Immerhin: zu Hause ist man, wo man sich zu Hause fühlt. Danach such' ich noch.«

»Nein, Holly, das wäre idiotisch. Sie sind unschuldig. Sie müssen ganz einfach durchhalten.«

Sie sagte: »Täterätä, Täteräta« und pustete mir Rauch ins Gesicht. Eindruck gemacht hatte es ihr indessen; ihre Augen erblickten genau wie die meinen, weitaufgerissen, unselige Visionen: vergitterte Räume, Stahlkorridore mit Türen, die sich eine nach der anderen schlossen. »Ach, hören wir auf damit«, sagte sie und drückte ihre Zigarette aus. »Ich habe durchaus die Chance, daß man mich *nicht* kriegen wird. Vorausgesetzt, Sie halten Ihre *bouche fermée.* Schauen Sie: verachten Sie mich doch nicht deswegen, Herzchen.« Sie legte ihre Hand über die meine und preßte sie mit unversehens überwältigender Aufrichtigkeit. »Ich hab' keine große Wahl. Ich habe es mit meinem Anwalt besprochen – oh, natürlich habe ich *dem* nichts *re* Rio erzählt – der würde den Polypen selber den Tip geben aus lauter Angst, sein Honorar zu verlieren, ganz zu schweigen von den Nickeln, die O. J. als Kaution gestellt hat. Gott segne O. J.s gute Seele, aber einmal habe ich ihm drüben in Hollywood dazu verholfen, daß er mehr als zehntausend mit einem einzigen Schlage beim Poker gewonnen hat – wir sind also glatt. Nein, die eigentliche Geschichte ist die: Alles, was die Polypen von mir wollen, sind ein paar ungehinderte lohnende Zugriffe und meine Hilfe als Zeugin der Anklage gegen Sally – niemand hat auch nur die Absicht, gegen mich vorzugehen, denn sie hätten nicht den Schatten einer Möglichkeit dafür. Nun mag ich ja bis ins Mark verdorben sein, mein Lieber, *aber* – einen Freund belasten tue ich nicht. Nicht mal, wenn sie bewiesen, daß er Florence Nightingale süchtig gemacht hat. Mein Maßstab ist, wie jemand mich behandelt, und der gute Sally – schön, er war nicht hundertprozentig ehrlich mit mir, sagen wir: er hat mich ein ganz kleines bißchen ausgenutzt, trotzdem aber ist Sally grundrichtig, und ich ließe mich eher von dem fetten Weibstück packen, als daß ich den Kerlen beim Gericht helfen würde, ihn festzunageln.« Indem sie ihren Necessairespiegel schräg über ihr Gesicht hielt, wischte sie mit leichtgekrümmtem kleinen Finger glättend über ihr Lippenrot und sagte: »Und um ehrlich zu sein, ist das nicht ganz alles. Es gibt gewisse Schattierungen von Scheinwerferlicht, die einem Mädchen den Teint verderben. Selbst wenn das Gericht mir jetzt das Große Verwundetenabzeichen für Tapferkeit vor dem Feinde verleihen würde, hat diese Gegend hier keine Zukunft mehr für mich bereit – die würden trotzdem überall, vom La Rue bis Perona's Bar und Grillroom, die Absperrstricke vorgezogen haben – verlassen Sie sich darauf, ich wäre dort genau so willkommen wie etwa Mr. Frank E. Campbell. Und wenn Sie von meinen speziellen Talenten leben würden, Schätzchen, verstünden Sie die Sorte Bankrott, von der ich rede. Puh, ich schätze nun mal keinen Aktschluß, bei dem ich mich im Roseland-Rummel-Park von irgendwelchen Hinterwäldlern herumbumsen lassen müßte, bis das Licht aus ist. Während die vortreffliche Madame Trawler ihre ganze Schamlosigkeit bei Tiffany 'rein und 'raus tänzeln läßt. Das könnte ich nicht aushalten. Da wäre mir das fette Weib allemal lieber.«

Eine Schwester, die leisen Trittes ins Zimmer kam, meldete, daß die Besuchszeit vorüber sei. Holly wollte sich beklagen, was kurz abgeschnitten wurde, indem man ihr ein Thermometer in den Mund stopfte. Doch als ich mich verabschiedete, entstöpselte sie sich nochmals, um zu sagen: »Tun Sie mir einen Gefallen, Herzchen. Rufen Sie die *Times* an oder wen Sie sonst mögen, und lassen Sie sich eine Liste der fünfzig reichsten Männer von Brasilien geben. Das ist *kein* Witz. Die fünfzig reichsten, ohne Rücksicht auf Rasse oder Hautfarbe. Und noch ein Gefallen: Durchstöbern Sie meine Wohnung, bis Sie die Medaille finden, die Sie mir mal geschenkt haben. Den Sankt Christophorus. Den werd' ich brauchen auf der Reise.«

Rot war der Himmel am Freitagabend, es donnerte, und der Samstag, der Abreisetag, übermannte die Stadt mit schauerartigen Regengüssen. Haifische hätten durch die Luft schwimmen mögen, wenngleich es unwahrscheinlich schien, daß ein Flugzeug hindurchdringen konnte.

Holly jedoch, die meine fröhliche Überzeugung, daß ihre Flucht nicht gelingen würde, als unbegründet

abwies, fuhr mit ihren Vorbereitungen fort – wobei sie, das muß ich sagen, mir die Hauptlast aufbürdete. Denn sie hatte sich entschieden, daß es unklug von ihr wäre, sich dem Backsteinhaus zu nähern. Und das auch sehr zu Recht – es stand unter Beobachtung, ob durch die Polizei oder Reporter oder sonstige interessierte Personen war nicht zu sagen – nichts als ein Mann, Männer manchmal, in der Gegend der Vorhalle herumlungernd. So war sie vom Krankenhaus zu einer Bank und dann geradeswegs in Joe Bells Wirtschaft gegangen. »Sie schätzt, daß man ihr nicht nachgegangen ist«, berichtete Joe Bell, als er mit einer Nachricht kam, daß Holly mich dort so bald wie irgend möglich sehen wolle, längstens in einer halben Stunde, und mitbringend: »Ihren Schmuck. Ihre Gitarre. Zahnbürsten und so Zeug. Und eine Flasche hundertjährigen Kognak – sie sagt, Sie würden ihn zuunterst im Korb mit der schmutzigen Wäsche versteckt finden. Ja, ach und den Kater. Sie möchte den Kater. Aber zum Teufel«, sagte er, »ich weiß nicht, ob wir ihr überhaupt helfen sollten. Sie müßte vor sich selber geschützt werden. Mir persönlich, mir ist danach, der Polente Bescheid zu sagen. Vielleicht, wenn ich jetzt zurückgehe und ihr ein paar Drinks zusammenbraue, vielleicht kann ich sie betrunken genug machen, um alles abzublasen.«
Stolpernd und glitschend die Feuertreppe zwischen

Hollys Wohnung und der meinen 'rauf und 'runter, vom Wind zerblasen und atemlos und naß bis auf die Knochen (bis auf die Knochen zerkratzt zudem, weil der Kater den Abtransport nicht mit Wohlwollen betrachtet hatte, zumal nicht in solch unfreundlichem Wetter), gelang mir ein hastiges, erstklassiges Stück Arbeit beim Zusammentragen ihrer Abreise Habseligkeiten. Ich fand sogar die Christophorus-Medaille. Alles war auf dem Fußboden meines Zimmers übereinandergetürmt, eine eindrucksvolle Pyramide von Büstenhaltern, Tanzschuhen und hübschen Dingen, die ich in Hollys einzigen Koffer packte. Es blieb eine Masse übrig, was ich in Tüten stecken mußte. Ich wußte nicht, wie ich den Kater tragen sollte, bis ich auf den Gedanken kam, ihn in einen Kissenbezug zu stopfen.

Unwichtig warum, doch einmal wanderte ich von New Orleans bis Nancys Landing am Mississippi, nahezu neunhundert Kilometer. Das war ein unbeschwerter Spaß im Vergleich zu dem Weg bis zu Joe Bells Wirtschaft. Die Gitarre füllte sich mit Regen. Regen weichte die Papiertüten auf, die Tüten platzten und Parfüm ergoß sich auf das Pflaster, Perlen rollten in den Rinnstein – während der Wind mich stieß und der Kater kratzte, der Kater kreischte – doch schlimmer noch: ich hatte Angst, war ein Feigling gleich José – diese tobenden Straßen schienen von unsichtbar Anwesenden zu wimmeln, die darauf warteten, mich zu schnappen, einzusperren, weil ich einer Geächteten half.

Die Geächtete sagte: »Reichlich spät, mein Junge. Haben Sie den Kognak?«

Und der Kater sprang befreit empor und nestelte sich auf ihrer Schulter zurecht – sein Schwanz ging hin und her wie ein Taktstock bei feurigbesessener Musik. Auch Holly schien von Melodien besessen, irgendeinem frischen *bon voyage*-Hmtata. Während sie den Kognak aufmachte, sagte sie: »Das sollte ein Stück in meiner Aussteuertruhe sein. Es war so gedacht, daß wir an jedem Jahrestag einen heben würden. Gott sei Dank habe ich die Truhe nie gekauft. Mr. Bell, mein Herr, drei Gläser.«

»Sie werden nur zwei brauchen«, erklärte er ihr. »Ich trinke nicht auf Ihre Narrheit.«

Je mehr sie ihn zu verführen suchte (»Oh, Mr. Bell. Die Dame entschwindet nicht alle Tage. Wollen Sie nicht auf sie anstoßen?«), desto barscher wurde er: »Ich will nichts damit zu tun haben. Wenn Sie zum Teufel gehen wollen, dann auf eigene Verantwortung. Ohne weitere Hilfe von mir.« Eine unrichtige Feststellung – weil Sekunden, nachdem er sie von sich gegeben, ein geschlossener Wagen mit Chauffeur vor der Wirtschaft vorfuhr, und Holly, die ihn zuerst bemerkte, ihren Kognak niedersetzte und die Brauen hochzog, als erwarte sie, den District Attorney persönlich aussteigen

zu sehen. So auch ich. Und als ich Joe Bell rot werden sah, mußte ich denken: Bei Gott, er hat *doch* die Polizei gerufen. Aber dann verkündete er mit feuerroten Ohren: »Das ist nichts weiter. Ein Carey-Cadillac. Habe ihn gemietet. Soll Sie zum Flughafen bringen.«
Er drehte uns den Rücken, um an einem seiner Blumensträuße herumzuwirtschaften. Holly sagte: »Lieber, rührender Mr. Bell. Schauen Sie mich an, mein Herr.«
Er wollte nicht. Er zerrte die Blumen aus der Vase und warf sie ihr zu, sie verfehlten ihr Ziel, landeten verstreut auf dem Boden. »Adieu«, sagte er und lief auf »Für Herren« zu, als müsse er sich übergeben. Wir hörten das Schloß einschnappen.
Der Chauffeur von Careys Autovermietung war ein welterfahrener Mann, nahm unser schlampiges Gepäck äußerst höflich entgegen und behielt sein steinernes Gesicht, als Holly, während die Limousine durch nachlassenden Regen den Außenbezirken der Stadt zufuhr, ihre Sachen auszog, das Reitkostüm, das auszuwechseln sie noch keinerlei Gelegenheit gehabt hatte, und sich in ihr schmales schwarzes Kleid mühte. Wir sprachen nicht – sprechen hätte auch nur zu einem Streit führen können, und Holly schien zudem allzu nachdenklich für eine Unterhaltung. Sie summte vor sich hin, kippte Kognak und beugte sich ständig vor, um aus dem Fenster zu spähen, als forsche sie nach einer Adresse – oder,

schloß ich, nehme letzte Eindrücke eines Schauplatzes mit, an den sie sich zu erinnern wünschte. Es war keins von beidem. Sondern dies: »Halten Sie hier«, befahl sie dem Fahrer, und wir stoppten an der Bordkante einer Straße in Spanisch-Harlem. Eine wüste, eine grelle, eine finstere Gegend, mit Filmstarplakaten und Madonnen bekränzt. Bürgersteig-Abfall aus Obstschalen und verrotteten Zeitungen wurde vom Wind herumgewirbelt, denn der Wind brauste noch daher, wenn auch der Regen sich beruhigt hatte und hie und da Blau am Himmel durchbrach.

Holly stieg aus dem Wagen, sie nahm den Kater mit. Ihn eingewiegt im Arm haltend, kraulte sie seinen Kopf und fragte: »Was meinst du? Dies sollte genau die richtige Stelle sein für einen Kerl wie dich. Müllkisten. Ratten in rauhen Mengen. Reichlich genug Katergenossen zum Herumstreunen. Also zieh los«, sagte sie und ließ ihn fallen, und als er sich nicht wegrührte, sondern seine Raufboldvisage hob und sie aus gelben Piratenaugen fragend anschaute, stampfte sie mit dem Fuß: »Scher dich weg, hab ich gesagt!« Er rieb sich an ihrem Bein. »Hau ab, du Scheißvieh!« schrie sie, sprang in den Wagen, haute die Tür hinter sich zu und: »Los!« befahl sie dem Fahrer. »Los. Los!«

Ich war wie vor den Kopf geschlagen. »Na, Sie sind ja. Ein Biest sind Sie.«

Wir waren schon an der nächsten Querstraße, ehe sie erwiderte: »Ich habe es Ihnen doch gesagt. Wir sind uns am Fluß drüben nur so begegnet – mehr war nicht. Vogelfreie, alle beide. Wir haben einander nie irgendwelche Versprechungen gemacht. Wir haben nie –« sagte sie und die Stimme versagte ihr, ein Zucken, eine krampfhafte Blässe bemächtigten sich ihres Gesichts. Der Wagen hielt vor einer Verkehrsampel. Da hatte sie die Tür offen, lief die Straße hinunter, und ich rannte hinterher.

Aber der Kater war nicht an der Ecke, wo sie ihn gelassen hatte. Nichts und niemand war auf der Straße außer einem pissenden Betrunkenen und zwei Negernonnen, die einen Trupp lieblichsingender Kinder hüteten. Andere Kinder tauchten aus Torwegen auf und Frauen lehnten sich über ihre Fensterbrüstungen, als Holly den Block hinauf und herunterschoß, vor und zurückrannte, lockend: »Du. Kater. Wo bist du. Hier, Kater.« Sie hörte nicht auf, bis ein beulenbedeckter Junge daherkam, der ein altes Katervieh baumelnd am Genick gepackt hielt: »Sie möchten 'n hübsches Kätzchen, Miss? Gebense 'n Dollar.«

Die Limousine war uns nachgefahren. Jetzt ließ Holly sich von mir draufzusteuern. An der Tür zögerte sie, blickte an mir vorbei, an dem Jungen vorbei, der noch immer seine Katze ausbot (»Halben Dollar. Oder vier

Cents? Vier Cents sin' doch nich viel«), und sie schauderte, sie mußte nach meinem Arm fassen, um nicht umzukippen: »O mein Gott. Wir gehörten doch zusammen. Er war mein.«

Da gab ich ihr ein Versprechen, ich sagte, daß ich zurückkehren und ihren Kater finden würde: »Ich werde mich auch um ihn kümmern. Mein Wort drauf.« Sie lächelte – dies freudlose neue, gezwungene Lächeln. »Aber was wird aus mir?« sagte sie flüsternd und erschauerte wieder. »Ich fürchte mich so, mein Junge. Ja, endlich. Weil das ewig so weitergehen kann. Nicht wissen, was einem gehört, bis man es weggeworfen hat. Das rote Grausen, das ist gar nichts. Das fette Weib, gar nichts. Dies jedoch – mir ist der Mund so trocken, daß ich nicht spucken könnte und wenn mein Leben davon abhinge.« Sie stieg in den Wagen, sank auf den Sitz. »Entschuldigen Sie, Fahrer. Es kann weitergehen.«

TOMATOS TOMATE VERSCHWUNDEN. Und: RAUSCHGIFTSCHMUGGEL – SCHAUSPIELERIN MÖGLICHES OPFER DER GANGSTER. Nach gehöriger Zeit jedoch berichtete die Presse: FLÜCHTIGE SCHÖNE NACH RIO ENTKOMMEN. Anscheinend wurde von den Behörden keinerlei Versuch unternommen, sie zurückzuholen, und bald schrumpfte die Angelegenheit zu gelegentlicher Erwähnung in den

Klatschspalten zusammen. Als Meldung wurde sie nur noch einmal wieder aufgebracht: am Weihnachtstag, als Sally Tomato an einem Herzanfall in Sing-Sing starb. Monate vergingen, ein Winter wurde aus ihnen, und von Holly kein Wort. Der Besitzer des Backsteinhauses verkaufte ihr zurückgelassenes Eigentum, das weißseidene Bett, den Gobelin, ihre kostbaren gotischen Lehnstühle; ein neuer Mieter bezog die Wohnung, sein Name war Quaintance Smith, und er sah ebensoviel Herrenbesuche von lärmender Wesensart bei sich wie Holly jemals gehabt hatte, obgleich in diesem Falle Madame Spanella nichts dagegen hatte, tatsächlich himmelte sie den jungen Mann an und sorgte für Filet mignon, wann immer er ein blaues Auge hatte, weil ihr das alte Hausmittel des Beefsteaks zu armselig für ihn schien. Doch im Frühjahr kam eine Postkarte – sie war mit Bleistift gekritzelt und mit einem Lippenstiftkuß gezeichnet: *Brasilien war scheußlich, aber Buenos Aires ganz groß. Nicht Tiffany, aber fast. Bin hüftenwärts mit himmlischem Senor verbunden. Liebe? Ich glaube. Sehe mich jedenfalls nach was zum Wohnen um (Senor hat Frau und sieben Bälger) und lasse Sie Adresse wissen, sobald ich selber weiß. Mille tendresse.* Aber die Adresse, falls sie es je gegeben, wurde nie geschickt, was mich tief betrübte. Da war so vieles, was ich ihr schreiben wollte: daß ich zwei Geschichten *verkauft* hatte, gelesen, wo die Trawlers gegeneinander auf Scheidung klagten, und aus dem Backsteinhaus auszog, weil dort Gespenster umgingen. Aber vor allem wollte ich ihr von ihrem Kater berichten. Ich hatte mein Versprechen gehalten, ich hatte ihn gefunden. Wochen des Nach-der-Arbeit-Umherstreifens durch diese Spanisch-Harlemer Straßen brauchte es, und es gab viele falsche Alarme – Aufblitzen tigergestreiften Felles, das, bei näherer Besichtigung, nicht er war. Doch eines Tages, an einem kalten, sonnigen Wintersonntagnachmittag, war er's. Seitlich Topfpflanzen und eingerahmt von sauberen Spitzengardinen, saß er im Fenster eines warmaussehenden Zimmers – ich überlegte, was wohl sein Name war, denn ich war sicher, daß er jetzt einen hatte, sicher, daß er irgendwo angekommen war, wohin er gehörte. Afrikanische Hütte oder was auch immer, ich hoffe, Holly auch.